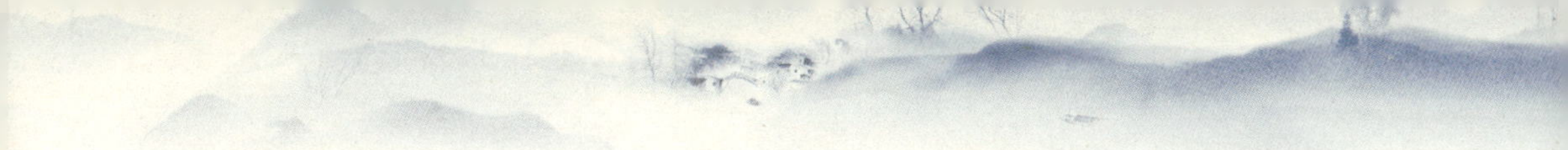

指尖上的中国

绘梦江南

周作人 等／著

天津出版传媒集团
百花文艺出版社

图书在版编目（CIP）数据

绘梦江南 / 周作人等著. —天津：百花文艺出版社，2014.4

（指尖上的中国）

ISBN 978-7-5306-5995-3

Ⅰ. ①绘… Ⅱ. ①周… Ⅲ. ①散文集－中国－现代 Ⅳ. ①I266

中国版本图书馆CIP数据核字（2014）第 040915 号

责任编辑：孙嘉镇　　装帧设计：MXK

出版人：李华敏

出版发行：百花文艺出版社

地址：天津市和平区西康路 35 号　邮编：300051

电话传真：+86－22－23332651（发行部）

+86－22－23332656（总编室）

+86－22－23332478（邮购部）

主页：http：// www.bhpubl. com. cn

印刷：小森印刷（北京）有限公司

开本：870×1280 毫米　1 / 16

字数：140 千字

印张：16

版次：2014 年 5 月 第 1 版

印次：2014 年 5 月 第 1 次印刷

定价：35.00元

目　录

苏杭胜景

金陵忆旧

上海风情

西南拾遗

岭南风物

灵山秀水

苏杭胜景

西溪的晴雨

文 / 郁达夫

西北风未起，蟹也不曾肥，我原晓得芦花总还没有白，前两星期，源宁来看了西湖，说他倒觉得有点失望，因为湖光山色，太整齐，太小巧，不够味儿，他开来的一张节目上，原有西溪的一项；恰巧第二天又下了微雨，秋原和我就主张微雨里下西溪，好教源宁去尝一尝这西湖近帝的野趣。

天色是阴阴漠漠的一层，湿风吹来，有点儿冷，也有点儿香，香的野草花的气息。车过方井旁边，自然又下车来，去看了一下那座天主圣教修士们的古墓。从墓门望进去，只是黑沉沉，冷冰冰的一个大洞，什么也看不见，鼻子里却闻吸到了一种霉灰的阴气。

把鼻子掀了两掀，耸了一耸肩膀，大家都说，可惜忘记带了电筒，但在下意识里，自然也有一种恐怖，不安，和畏缩的心意，在那里作恶，直到了花坞的溪旁，走窗明几净的静莲庵（？）堂去坐下，喝了两碗清茶，这一些鬼胎，方才洗涤了个空空脱脱。

游西溪，本来是以松木场下船，带了酒盒行厨，慢慢儿地向西摇去为正宗。像我们那么高坐了汽车，飞鸣而过古荡，东岳，一个钟头要走百来里路的旅客，终于是难度的俗物，但是俗物也有俗益，你若坐在汽车座里，引颈而向西向北一望，直到湖州，只见一派空明，遥盖在淡绿成阴的斜平海上；这中间不见水，不见山，当然也不见人，只是渺渺茫茫，青青绿绿，远无岸，近亦无田园村落的一个大斜坡，过泰亭山后，一直到留下为止的那一条沿山大道上的景色，好处就在这里，尤其是当微雨朦胧，江南草长的春或秋的半中间。

从留下下船，回环曲折，一路向西向北，只在芦花浅水里打圈圈；圆桥茅舍，桑树蓼花，是本地的风光，还不足道；最古怪的，是剩在背后的一带湖上的青山，不知不觉，忽而又会得移上你的面前来，和你点一点头，又匆匆的别了。

摇船的少女，也总好算是西溪的一景；一个站在船尾把摇橹，一个坐在船头上使桨，身体一伸一俯，一往一来，和橹声的咿呀，水波的起落，凑合成一大又圆又曲的进行软调：游人到此，自然会想起瘦西湖边，竹西歌吹的闲情，而源宁昨天在漪园月下老人祠里求得的那支灵签，仿佛是完全的应了，签诗的语文，是《鄘风·桑中》章末后的三句，叫作“期我乎桑中，要我乎上宫，送我乎淇之上矣”。

此后便到了交芦庵，上了弹指楼，因为是在雨里，带水拖泥，终于也感不到什么的大趣，但这一天向晚回来，在湖滨酒楼上放谈之下，源宁却一本正经地说：“今天的西溪，却比昨日的西湖，要好三倍。”

前天星期假日，日暖风和，并且在报上也曾看到了芦花怒放的消息；午后日斜，老龙夫妇，又来约去西溪，去的时候，太晚了一点，所以只在秋雪庵的弹指楼上，消磨了半日之半。一片斜阳，反照在芦花浅渚的高头，花也并未怒放，树叶也不曾凋落，原不见秋，更不见雪，只是一味的晴明浩荡，飘飘然，浑浑然，洞贯了我们的肠腑，老僧无相，烧了面，泡了茶，更送来了酒，末后还拿出了纸和墨，我们看看日影下的北高峰，看看庵旁边的芦花荡，就问无

西溪湿地洪府

相，花要几时才能全白，老僧操着缓慢的楚国口音，微笑着说："总要到阴历十月的中间；若有月亮，更为出色。"说后，还提出了一个交换的条件，要我们到那时候，再去一玩，他当预备些精馔相待，聊当作润笔，可是今天的字，却非写不可，老龙写了"一剑横飞破六合，万家憔悴哭三吴"十四个字，我也附和着抄了一副不知在那里见过的联语："春梦有时来枕畔，夕阳

浙江省杭州北高峰灵顺寺

依旧上帘钩。”

喝得酒醉醺醺，走下楼来，小河里起了晚烟，船中间满载了黑暗，龙妇又逸兴遄飞，不知上哪里去摸出了一支洞箫来吹着。“其声呜呜然，如怨如慕，如泣如诉，余音袅袅，不绝如缕”，倒真有点像是七月既望，和东坡在赤壁的夜游。

杭州西溪湿地

西溪被誉为“杭州之肺”，距西湖仅5公里，是罕见的城中次生湿地。西溪生态资源丰富、自然景观质朴、文化积淀深厚，曾与西湖、西泠并称杭州“三西”，是国内第一个也是唯一的集城市湿地、农耕湿地、文化湿地于一体的国家湿地公园。

苏州的回忆

文 / 周作人

说是回忆，仿佛是与苏州有很深的关系，至少也总经过十年以上的样子，可是事实上却并不然。民国七八年间坐火车走过苏州，共有四次，都不曾下车，所看见的只是车站内的情形而已。去年四月因事经南京，始得顺便至苏州一游，也只有两天的停留，没有走到多少地方，所以见闻很是有限。当时苏州日报社有郭梦鸥先生以外几位陪着我们走，在那两天的报上随时都有很好的报道，后来郭先生又有一篇文章，登在第三期的《风雨谈》上，此外实在觉得更没有什么可以纪录的了。但是，从北京远迢迢地经苏州走一趟，现在也不是容易事，其时又承本地各位先生恳切招待，别转头来走开之后，再不打一声招呼，似乎也有点对不起。现在事已隔年，印象与感想都渐就着落，虽然比较地简单化了，却也可以稍得要领，记一点出来，聊以表示对于苏州的恭敬之意，至于旅人的话，谬误难免，这是要请大家见恕的了。

我旅行过的地方很少，有些只根据书上的图像，总之我看见各地方的市街与房屋，常引起一个联想，觉得东方的世界是整个的。譬如中国，日本，朝鲜，琉球，各地方的家屋，单就照片上看也罢，便会确凿地感到这里是整个的东亚。我们再看乌鲁木齐，宁古塔，昆明各地方，又同样的感觉这里的中国也是整个的。可是在这整个之中别有其微妙的变化与推移，看起来亦是很有趣味的事。以前我从北京回绍兴去，浦口下车渡过长江，就的确觉得已经到了南边，及车抵苏州站，看见月台上车厢里的人物声色，便又仿佛已入故乡境内，虽然实在还有五六百里的距离。现至通称江浙，有如古时所谓吴越或吴会，本来就是一家，杜荀鹤有几首诗写得很好，其一送人游吴云：

君到姑苏见，人家尽枕河。
古宫闲地少，水港小桥多。
夜市卖菱藕，春船戴绮罗。
遥知未眠月，乡思在渔歌。

又一首送友游吴越云：

去越从吴过，吴疆与越连。
有园多种橘，无水不生莲。
夜市桥边火，春风寺外船。
此中偏重客，君去必经年。

诗固然作得好，所写事情也正确实，能写出两地相同的情景。我到苏州第一感觉的也是这一点，其实即是证实我原有的漠然的印象罢了。我们下车后，就被招待游灵岩去，先到木渎，在石家饭店吃过中饭。从车站到灵岩，第二天又出城到虎丘，这都是路上风景好，比目的地还有意思，正与游兰亭的人是同一经验。我特别感觉有趣味的，乃是在木渎下了汽车，走过两条街往石家饭店

民国二十年代苏州老照片

去时，看见那里的小河，小船，石桥，两岸枕河的人家，觉得和绍兴一样，这是江南的寻常景色，在我江东的人看了也同样的亲近，恍如身在故乡了。又在小街上见到一爿糕店，这在家乡极是平常，但北方绝无这些糕类，好些年前曾在《卖糖》这一篇小文中附带说及，很表现出一种乡愁来，现在却忽然遇见，怎能不感到喜悦呢？只可惜匆匆走过，未及细看这柜台上蒸笼里所放着的是什么糕点，自然更不能够买了来尝了。不过就只是这样看了一眼走过了，也已很是愉快，后来不久在城里几处地方，虽然不是这店里所做，好的糕饼也吃到好些，可以算是满意了。

第二天往马医科巷，据说这地名本来是蚂蚁窠巷，后为转讹，并不真是有过马医牛医住在那里，去拜访俞曲园先生的春在堂。南方式的厅堂结构原与北方不同，我在曲园前面的堂屋里徘徊良久之后，再往南去看俞先生著书的两间小屋，那时所见这些过廊，侧门，天井种种，都恍惚是曾经见过似的，又流连了一会儿。我对同行的友人说，平伯有这样好的老屋在此，何必留滞北方，我回去应当劝他南归才对。说的虽是半玩笑的话，我的意思却是完全诚实的，只是没有为平伯打算罢了，那所大房子就是不加修理，只说点灯，装电灯固然了不得，石油没有，植物油又太贵，都无办法，故即欲为点一盏读书灯计，亦自只好仍旧蛰居于北京之古槐书屋矣。我又去拜谒章太炎先生墓，这是在锦帆路章宅的后园里，情形如郭先生文中所记，兹不重述，章宅现由省政府宣传处明处长借住，我们进去稍坐，是一座洋式的楼房，后边讲学的地方云为外国人所占用，尚未能收回，因此我们也不能进去一看，殊属遗憾。俞、章两先生是清末民初的国学大师，却都别有一种特色，俞先生以经师而留心新文学，为新文学运动之先河，章先生以儒家而兼治佛学，又倡导革命，承先启后，对于中国之学术与政治的改革至有影响，但是至晚年却又不约而同地定住苏州，这可以说是非偶然的偶然，我觉得这里很有意义，也很有意思。俞、章两先生是浙西人，对于吴地很有情分，也可以算是一小部分的理由，但其重要的原因还当别

苏州虎丘前山塘河

世界文化遗产：苏州古典园林虎丘

有所在。由我看去，南京、上海、杭州，均各有其价值与历史，唯若欲求多有文化的空气与环境者，大约无过苏州了吧。两先生的意思或者看重这一点，也未可定。现在南京有中央大学，杭州也有浙江大学了，我以为在苏州应当有一个江苏大学，顺应其环境与空气，特别向人文科学方面发展，完成两先生之弘业大愿，为东南文化确立其根基，此亦正是丧乱中之一件要事也。

在苏州的两个早晨过得很好，都有好东西吃，虽然这说的似乎有点俗，但是事实如此，而且谈起苏州，假如不讲到这一点，我想终不免是一个罅漏。若问好东西是什么，其实我是乡下粗人，只知道是糕饼点心，到口便吞，并不曾细问种种的名号。我可记得乱吃得很不少，当初江苏日报或是郭先生的大文里仿佛有着记录。我常这样想，一国的历史与文化传得久远了，在生活上总会留下一点痕迹，或是华丽，或是清淡，却无不是精炼的，这并不想要夸耀什么，却是自然应有的表现。我初来北京的时候，因为没有什么好点心，曾经发过牢骚，并非真是这样贪吃，实在也只为觉得他太寒伧，枉做了五百年首都，连一些细点心都做不出，未免丢人罢了。我们第一早晨在吴苑，次日在新亚，所吃的点心都很好，是我在北京所不曾遇见过的，后来又托朋友在采芝斋买些干点心，预备带回去给小孩辈吃，物事不必珍贵，但也很是精炼的，这尽够使我满意而且佩服，即此亦可见苏州生活文化之一斑了。这里我特别感觉有趣味的，乃是吴苑茶社所见的情形。茶食精洁，布置简易，没有洋派气味，固已很好，而吃茶的人那么多，有的像是祖母老太太，带领家人妇子，围着方桌，悠悠的享用，看了很有意思。性急的人要说，在战时这种态度行么？我想，此刻现在，这里的人这么做是并没有什么错的。大抵中国人多受孟子思想的影响，他的态度不会得一时急变，若是因战时而面粉白糖渐渐不见了，被迫得没有点心吃，出于被动的事那是可能的。总之在苏州，至少是那时候，见了物资充裕，生活安适，由我们看惯了北方困穷的情形的人看去，实在是值得称赞与羡慕。我在苏州感觉得不很适意的也有一件事，这便是住处。据说苏州旅馆绝不容易

虎丘塔

找，我们承公家的斡旋得能在乐乡饭店住下，已经大可感谢了，可是老实说，实在不大高明。设备如何都没有关系，就只苦于太热闹，那时我听见打牌声，幸而并不在贴隔壁，更幸而没有拉胡琴唱曲的，否则次日往虎丘去时马车也将坐不稳了。就是像沧浪亭的旧房子也好，打扫几间，让不爱热闹的人可以借住，一面也省得去占忙的房间，妨碍人家的娱乐，倒正是一举两得的事吧。

在苏州只住了两天，离开苏州已将一年了，但是有些事情还清楚的记得，现在写出几项以为纪念，希望将来还有机缘再去，或者长住些时光，对于吴语文学的发源地更加以观察与认识也。

我在西湖出家的经过

文 / 李叔同

杭州这个地方，实堪称为佛地；因为那边寺庙之多，约有两千余所，可想见杭州佛法之盛了。

最近越风社要出关于“西湖”的增刊，由黄居士来函要我作一篇西湖与佛教之因缘，我觉得这个题目的范围太广泛了，而且又无参考书在手，于短期间内是不能做成的。

所以现在就将我从前在西湖居住时，把那些值得追味的几件零碎的事情来说一说，也算是纪念我出家的经过。

一、杭州之缘

我第一次到杭州，是光绪二十八年七月。（本篇所记的年月，皆依旧历。）

在杭州住了约莫一个月光景，但是并没有到寺院里去过。只记得有一次到

弘一法师晚年像

弘一法师在寺院的日常起居室

涌金门外去吃过一回茶而已，而同时也就把西湖的风景，稍微看了一下子。

第二次到杭州时，那是民国元年的七月里，这回到杭州倒住得很久，一直住了近十年，可以说是很久的了。

我的住处在钱塘门内，离西湖很近，只两里路光景。

在钱塘门外，靠西湖边，有一所小茶馆，名景春园，我常常一个人出门，独自到景春园的楼上去吃茶。当民国初年的时候，西湖那边的情形，完全与现在两样；那时候还有城墙及很多柳树，都是很好看的。除了春秋两季的香会之外，西湖边的人总是很少，而钱塘门外，更是冷静了。

在景春园的楼下，有许多的茶客，都是那些摇船抬轿的劳动者居多。而在楼上吃茶的就只有我一个人了，所以我常常一个人在上面吃茶，同时还凭栏看看西湖的风景。

在茶馆的附近，就是那有名的大寺院——昭庆寺了。我吃茶之后，也常常顺便地到那里去看一看。

当民国二年夏天的时候，我曾在西湖的广化寺里面住了好几天，但是住的地方，却不是在出家人的范围之内，那是在该寺的旁边，有一所叫做痘神祠楼上的。

痘神祠是广化寺专门为着要给那些在家的客人住的，当时我住在里面的时候，有时也曾到出家人所住的地方去看看，心里却感觉得很有意思呢！

记得那时我亦常常坐船到湖心亭去吃茶。

曾有一次，学校里有一位名人来演讲，那时我和夏丏尊居士两人，却出门躲避，而到湖心亭上去吃茶呢！当时夏丏尊曾对我说："像我们这种人，出家做和尚倒是很好的！"那时候我听到这句话，就觉得很有意思，这可以说是我后来出家的一个远因了。

二、虎跑寺断食

到了民国五年的夏天，我因为看到日本杂志中，有说及关于断食方法的，谓断食可以治疗各种疾病。当时我就起了一种好奇心，想来断食一下，因为我那个时候，患有神经衰弱症，若实行断食后，或者可以痊愈亦未可知。要行断食时，须于寒冷的季候方宜，所以我便预定十一月来作断食的时间。

至于断食的地方呢？总须先想一想，及考虑一下，似觉总要有个很幽静的地方才好。当时我就和西泠印社的叶品三君来商量，结果他说在西湖附近的地方，有一所虎跑寺，可作为断食的地点。

那么我就问他："既要到虎跑寺去，总要有人来介绍才对，究竟要请谁呢？"他说："有一位丁辅之，是虎跑的大护法，可以请他去说一说。"于是他便写信请丁辅之代为介绍了。

因为从前那个时候的虎跑，不是像现在这样热闹的；而是游客很少，且十分冷静的地方啊！若用来作为我断食的地点，可以说是最相宜的了。

到了十一月的时候，我还不曾亲自到过，于是我便托人到虎跑寺那边去走一趟，看看在哪一间房里住好。回来后，他说在方丈楼下的地方，倒很幽静的；因为那边的房子很多，且平常的时候都是关起来，客人是不能走进去的，而在方丈楼上则只有一位出家人住着而已，此外并没有什么人居住。

等到十一月底，我到了虎跑寺，就住在方丈楼下的那间屋子里了。我住进去以后，常常看见一位出家人在我的窗前经过，即是住在楼上的那一位，我看到他却十分的欢喜呢！因此就时常和他来谈话，同时他也拿佛经来给我看。

我以前虽然从五岁时，即时常和出家人见面，时常看见出家人到我的家里念经及拜忏，而于十二三岁时，也曾学了放焰口，可是并没有和有道德的出家人住在一起，同时也不知道寺院中的内容是怎样，以及出家人的生活又是如何。

浙江杭州虎跑梦泉

这回到虎跑去住，看到他们那种生活，却很欢喜而且羡慕起来了！

我虽然在那边只住了半个多月，但心里头却十分的愉快，而且对于他们所吃的菜蔬，更是喜欢吃，及回到了学校，以后我就请用人依照他们那种样的菜煮来吃。

这一次，我之到虎跑寺去断食，可以说是我出家的近因了。

三、出家受戒

及到了民国六年的下半年，我就发心吃素了。

在冬天的时候，即请了许多的经，如《普贤行愿品》、《楞严经》及《大乘起信论》等很多的佛经，而于自己的房里，也供起佛像来，如地藏菩萨、观世音菩萨……的像，于是亦天天烧香了。

到了这一年放年假的时候，我并没有回家去，而到虎跑寺里面去过年。我仍旧住在方丈楼下，那个时候，则更感觉得有兴味了。于是就发心出家，同时就想拜那位住在方丈楼上的出家人作师父。

他的名字是弘详师，可是他不肯"让"我去拜他，而介绍我拜他的师父。他的师父是在松木场，护国寺里面居住的，于是他就请他的师父回到虎跑寺来，而我也就于民国七年，正月十五日受三皈依了。

我打算于此年的暑假来入山，而预先在寺里面住了一年后，然后再实行出家的。当这个时候，我就做了一件海青，及学习两堂功课。

在二月初五日那天，是我的母亲的忌日，于是我就先于两天以前到虎跑去，在那边背诵了三天的地藏经，为我的母亲回向。

到了五月底的时候，我就提前先考试，而于考虑之后，即到虎跑寺入山了。到了寺中一日以后，即穿出家人的衣裳，而预备转年再剃度的。

及至七月初的时候，夏丏尊居士来，他看到我穿出家人的衣裳但还未出家，他就对我说："既住在寺里面，并且穿了出家人的衣裳，而不即出家，那是没有什么意思的，所以还是赶紧剃度好。"

我本来是想转年再出家的，但是承他的劝，于是就赶紧出家了。于七月十三日那一天，相传是大势至菩萨的圣诞，所以就在那天落发。

落发以后，仍须受戒的。于是由林同庄君的介绍，而到灵隐寺去受戒了。

灵隐寺是杭州规模最大的寺院，我一向是对它很欢喜的，我出家了以后曾

李叔同·达摩祖师像

李叔同·朱砂佛像

灵隐红叶

到各处的大寺院看过，但是总没有像灵隐寺那么的好！

八月底，我就到灵隐寺去，寺中的方丈和尚却很客气，叫我住在客堂后面芸香阁的楼上。

当时是由慧明法师作大师父的，有一天我在客堂里遇到这位法师了。他看到我时，就说起："既系来受戒的，为什么不进戒堂呢？虽然你在家的时候是读书人，但是读书人就能这样地随便吗？就是在家时是一个皇帝，我也是一样看待的。"那时方丈和尚仍是要我住在客堂楼上，而于戒堂里面有了紧要的佛事时，方去参加一两回的。

那时候我虽然不能和慧明法师时常见面，但是看到他那种的忠厚、笃实，却是令我佩服不已的。

受戒以后，我就住在虎跑寺内。到了十二月，即搬到玉泉寺去住，此后即常常到别处去，没有久住在西湖了。

四、慧明法师

曾记得在民国十二年夏天的时候，我曾到杭州去过一回。那时正是慧明法师在灵隐寺讲楞严经的时候。

开讲的那一天，我去听他说法，因为好几年没有看到他，觉得他已苍老了不少，头发且已斑白，牙齿也大半脱落。我当时大为感动，于拜他的时候，不由泪落不止！

听说以后没有经过几年工夫，慧明法师就圆寂了。

关于慧明法师一生的事迹，出家人中晓得的很多，现在我且举几样事情，来说一说。

慧明法师是福建的汀州人。他穿的衣服却不考究，看起来很不像法师的样子，但他待人是很平等的。无论你是大好佬或是苦恼子，他都是一样地看待！

所以凡是出家在家的上中下各色各样的人物，对于慧明法师是没有一个不佩服的。

他老人家一生所做的事情固然很多，但是最奇特的，就是能教化“马溜子”（马溜子是出家流氓的称呼）了。

寺院里是不准这班“马溜子”居住的。他们总是住在凉亭里的时候为多，听到各处的寺院有人打斋的时候，他们就会集了赶斋（吃白饭）去。

在杭州这一带地方，马溜子是特别来得多。一般人总不把他们当人看待，而他们亦自暴自弃，无所不为的。

但是慧明法师却能够教化“马溜子”呢！

那些马溜子常到灵隐寺去看慧明法师，而他老人家却待他们很客气，并且布施他们种种好饮食，好衣服等。他们要什么就什么，而慧明法师也有时对他们说几句佛法。

慧明法师的腿是有毛病的。出来入去的时候，总是坐轿子居多。

有一次他从外面坐轿回灵隐时，下了轿后，旁人看到慧明法师是没有穿裤子的，他们都觉得很奇怪，于是就问他道：“法师为什么不穿裤子呢？”他说他在外面碰到了“马溜子”，因为向他要裤子，所以他连忙把裤子脱给他了。

关于慧明法师教化“马溜子”的事，外边的传说很多很多，我不过略举了这几样而已。不单那些“马溜子”对于慧明法师有很深的钦佩和信仰，即其他一般出家人，亦无不佩服的。

因为多年没有到杭州去了。西湖边上的马路、洋房也渐渐修筑得很多，而汽车也一天比一天地增加，回想到我以前在西湖边上居住时，那种闲静幽雅的生活，真是如同隔世，现在只能托之于梦想了。

钱塘江的夜潮

文 / 钟敬文

人类真是富于夸大性的动物。有时一件很平庸的事情或物体，一经过他们的夸大的渲染，往往就变成了不得的伟大、奇诡、神秘，而深饶着吸引人的魔力。村夫农妇传说中的神仙英雄，骚人才子诗文中的名山胜迹，都是千百倍显微镜下的东西，和所谓实体的模样儿，大都是相差得很遥远的。这也许是人类用以自慰的一个法子吧，我想。因为人间实际的事物，往往太丑恶、平凡、藐小了。夸大地说说谎，使我们不至感觉到过分的无味单调，甚至于嫌恶。这也是一种以无聊当有聊的办法。记得王尔德曾有过什么“说谎的衰颓”的惋叹，原因也许同此。但这样的法子，可不是正办，把粉红的轻纱，蒙蔽在丑妇的脸上，暂时固然是可售一售他的欺诳了，但到了人们实际看到那鬼夜叉的容相时，不更教人感到幻灭的悲哀吗？

我为什么忽地发泄这样的牢骚呢？原来是为了看过一次钱塘江的夜潮而失望呀。“钱塘江潮”，我们一提到这几个字，心里就不免发生一种景慕的情感。我们试翻开宋人周密的《武林旧事》一看：

> 浙江之潮，天下之伟观也。自既望以至十八为最盛。方其远出海门，仅如银线。既而渐近，则玉城雪岭，际天而来，大声如雷霆。震撼激射，吞天沃日，势极雄豪。杨诚斋诗云："海涌银为郭，江横玉系腰"，是也。……吴儿善泅者数百，皆披发文身，手持十幅大彩旗，争先鼓勇，溯洄而上，出没于鲸波万仞中，腾身百变，而旗尾略不沾湿。以此夸能，而豪富贵宦争赏银彩。江干上下十余里间，珠翠罗绮溢目，车马塞途。饮食百物，皆倍于常时；而僦赁看幕，虽席地不容间也……

这里所记，固然有些是那个时代特别的情景，然而我们可知道这钱塘江潮的惹人注意了。且我们脑子里还有许多在少年时听读过的关于它的故事，如钱王"三千强弩射潮低"的传说，伍子胥"魂压怒涛翻白浪"的神话等，都在鼓舞着我们的兴趣。古人说："未能免俗，聊复尔尔。"何况我是这样一个有时好奇心特别健旺的人呢？住在这密近咫尺的地方，如不去看，将来不是要懊悔失了机会么？所以在未行前的几日，我便高兴地决定去看了。

据朋友们说，观潮自然以八月的秋潮为佳；然而八月的秋潮，日里的还不及夜里的好看。我记得高濂《四时幽赏录》中，亦有这话。他说：

> 浙江潮汛，人多从八月昼观，鲜有知夜观者。余昔焚修寺中，燃点塔灯。夜午，月色横空，江波静寂，悠悠江水吞吐蟾光，自是一段奇景。顷焉，风色陡寒，海门潮起，日影银涛，光摇喷雪，云移玉岸，浪卷轰雷，白练风扬，奔飞曲折，势若山岳奔腾，使人毛骨欲竖。古云："十万军声半夜潮"，信哉！

杭州六合塔和钱塘江大桥

在我自己的想象中，也觉得于月明风清之下，观览江头浪潮奔驰，比在白日里太阳光下的，要有趣味得多。所以结局，是立意去看“夜潮”。

是旧历八月十七日傍晚。我吃过了晚餐，换一换衣服，便坐黄包车到湖滨路中国旅行社去。因离开车的时刻尚早，只得买了些苹果、山梨等，坐在湖旁吃着消遣时光。不用说，我这时心里差不多全充满了热蓬蓬的兴趣，以为“天下奇观”的钱塘江秋潮，在两三个钟头后，就要摆现在我的眼前，任我激赏。此游不仅自己饱饫一时眼福，还可以终久地向许多朋友们夸耀呢。

时候到了，汽车里坐满了客人了。叫笛一声，车身便往前驰奔。我们一辆车里所载的客，约二十人左右；但差不多全数是广东人。我听到亲熟的乡音，不免有些欣悦。又想他们为了观潮，特别从迢遥的岭外或上海，赶到这里来，怀抱着何等热情呢？假如我住在这里的，反不来看一下，不是要给他们笑作痴呆么？想到此，我的心更为欣然。在和他们纵横谈笑中，极表现出我的高兴。

汽车出了杭州市以外，驰行于旷野的大道中。从车窗望出去，清朗的月光下，桑麻、松柏、池沼、平原、村落、远山……都梦一样的浸没在肃静里，我不禁悠然地浮动了乡思。凝盼移时，心更怅惘无所依：加以西风峭寒，车身不息地摆动，我颓然不胜睡意的侵袭了。似寐非寐的情况，直到将到海宁时才破除，而神志回复到了原来的清醒境界。

下车后，即到海塘上指定的观潮处。这时，塘基上拥挤满了观众，如一个热闹的夜市。江上水色，一望无涯，月光罩在上面，如盖着一重轻纱。离开了座位，移步到一块比较人迹稀疏的树荫下，默对着壮旷苍茫的自然，悠然意远。日常的思虑，到此都逃遁净尽，连特别为此而来的观潮的意念，暂时也好像不知去向了。小立移时，再回到座位上。夜意已深，寒威加重，因未带大衣来，此时身上颇有些瑟缩。不久，耳畔隆隆的声音，自远方而至，大众都侧头向海门处遥望，并且彼此声息哗然。我知潮将来了，便也抖擞精神，站了起来，向众人所瞩目之处望去。

果然，潮终于来了！最初是一线白痕，从远处慢慢移来。暂近暂快，声势亦暂大。忽而风驰电击似的从我们所立的塘基下奔过，向那一边移去。暂远暂迷模，终至于看不见。当潮之奔驰过我们眼前时，其高不过数尺，形状如釜里怒沸的开水，跃动不可止息。奔驰过后，则江水增高了量度，而色样变得格外浑浊。这在月光下，是可以清楚地辨出来的。

我不觉失望了。我以为这自古以来，给文人士大夫所歌咏观赏、百姓父老所乐于津津传说的钱塘江秋潮，至少应有些惊魂慑魄的奇伟气象。原来却是这样没有什么出人意表的平常！我们在海上经历过如山岳似的惊涛骇浪的人，对于这个有什么稀罕？便是我故乡沿海一带终日不息地一来一往冲激着的浪潮，也不见得比这逊色多少！也许是今年我所见的，潮势比别年特别的低小，但在，我总算是很扫却兴致了。并且，我想就是来得大些，也不见得如人们所大吹的那么“奇观”，自己从前所幻想的那么奇目吧？

归程中，坐在我身边的一位女同乡，对她同来的男朋友说：“倘若不是有西湖，要叫我花了两三百块钱来单看这样的江潮，真是不愿意呢。”我心里暗暗地承认了她的话，但没有开口。我已包围在失望和疲倦中了。

秋光中的西湖

文 / 庐隐

我像是负重的骆驼般，终日不知所谓地向前奔走着。突然心血来潮，觉得这种不能喘气的生涯，不容再继续了，因此便决定到西湖去，略事休息。

在匆忙中上了沪杭甬的火车，同行的有朱、王二女士和建，我们相对默然地坐着。不久车身蠕蠕而动了，我不禁叹了一口气道："居然离开了上海。"

"这有什么奇怪，想去便去了！"建似乎不以我多感慨的态度为然。

查票的人来了，建从洋服的小袋里掏出了四张来回票，同时还带出一张小纸头来，我捡起来，看见上面写着："到杭州：第一大吃而特吃，大玩而特玩……"真滑稽，这种大计划也值得大书而特书，我这样说着递给朱、王二女士看，她们也不禁哈哈大笑了。

来到嘉兴时，天已大黑。我们肚子都有些饿了，但火车上的大菜既贵又不好吃，我便提议吃茶叶蛋，便想叫茶房去买，他好像觉得我们太吝啬，坐二等车至少应当吃一碗火腿炒饭，所以他冷笑道："要到三等车里才买得到。"说着他便一溜烟跑了。

“这家伙真可恶！”建愤怒地说着，最后他只得自己跑到三等车去买了来。吃茶叶蛋我是拿手，一口气吃了四个半，还觉得肚子里空无所在，不过当我伸手拿第五个蛋时，被建一把夺了去，一面埋怨道；“你这个人真不懂事，吃那么许多，等些时又要闹胃痛了。”

这一来只好咽一口唾沫算了。王女士却向我笑道：“看你个子很瘦小，吃起东西来倒很凶！”其实我只能吃茶叶蛋，别的东西倒不可一概而论呢！——我很想这样辩护，但一转念，到底觉得无谓，所以也只有淡淡地一笑，算是我默认了。

车子进杭州城站时，已经十一点半了，街上的店铺多半都关了门，几盏黯淡的电灯，放出微弱的黄光，但从火车上下来的人，却吵成一片，挤成一堆，此外还有那些客栈的招揽生意的茶房，把我们围得水泄不通，不知花了多少力气，才打出重围叫了黄包车到湖滨去。

车子走过那石砌的马路时，一些熟悉的记忆浮上我的观念里来。一年前我同建曾在这幽秀的湖山中作过寓公，转眼之间早又是一年多了，人事只管不停地变化，而湖山呢，依然如故，清澈的湖波，和笼雾的峰峦似笑我奔波无谓吧!

我们本决意住清泰第二旅馆，但是到那里一问，已经没有房间了，只好到湖滨旅馆去。

深夜时我独自凭着望湖的碧栏，看夜幕沉沉中的西湖。天上堆叠着不少的雨云，星点像怕羞的女郎，踯躅于流云间，其光隐约可辨。十二点敲过许久了，我才回到房里睡下。

晨光从白色的窗幔中射进来，我连忙叫醒建，同时我披了大衣开了房门。一阵沁肌透骨的秋风，从桐叶梢头穿过，飒飒的响声中落下了几片枯叶，天空高旷清碧，昨夜的雨云早已躲得无影无踪了。秋光中的西湖，是那样冷静，幽默，湖上的青山，如同深纽的玉色，桂花的残香，充溢于清晨的气流中。这时

平湖秋月（上）　南屏晚钟（下）

西湖全景一角（上）　灵隐寺（下）

我忘记我是一只骆驼，我身上负有人生的重担。我这时是一只紫燕，我翱翔在清隆的天空中，我听见神祇的赞美歌，我觉到灵魂的所在地……，这样的，被释放不知多少时候，总之我觉得被释放的那一刹那，我是从灵宫的深处流出最惊喜的泪滴了。

建悄悄地走到我的身后，低声说道："快些洗了脸，去访我们的故居吧！"

多怅惘呵，他惊破了我的幻梦，但同时又被他引起了怀旧的情绪，连忙洗了脸，等不得吃早点便向湖滨路崇仁里的故居走去。到了弄堂门口，看见新建的一间白木的汽车房，这是我们走后唯一的新鲜东西。此外一切都不曾改变，墙上贴着一张招租的帖子，一看是四号吉房招租……"呀！这正是我们的故居，刚好又空起来了，喂，隐！我们再搬回来住吧！"

"事实办不到……除非我们发了一笔财……"我说。

这时我们已到那半开着的门前了，建轻轻推门进去。小小的院落，依然是石缝里长着几根青草，几扇红色的木门半掩着。我们在客厅里站了些时，便又到楼上去看了一遍，这虽然只是最后几间空房，但那里面的气氛，引起我们既往的种种情绪，最使我们觉到怅然的是陈君的死。那时他每星期六多半来找我们玩，有时也打小牌，他总是摸着光头懊恼地说道："又打错了！"这一切影像仍逼真地现在目前，但是陈君已作了古人，我们在这空洞的房子里，沉默了约有三分钟，才怅然地离去。走到弄堂门的时候，正遇到一个面熟的娘姨——那正是我们邻居刘君的女仆，她很殷勤地要我们到刘家坐坐。我们难却她的盛意，随她进去。刘君才起床，他的夫人替小孩子穿衣服。我们这两个不速之客够使她们惊诧了。谈了一些别后的事情，抽过一支烟后，我们告辞出来。到了旅馆里，吃过鸡丝面，王、朱两位女士已在湖滨叫小划子，我们讲定今天一天玩水，所以和船夫讲定到夜给他一块钱，他居然很高兴地答应了。我们买了一些菱角和瓜子带到划子上去吃。船夫是一个五十多岁的忠厚老头子，他洒然地划着。温和的秋阳照着我——使全身的筋肉都变成松缓，懒洋洋地靠在长方形的藤椅背上。看着划桨所激起的波纹，好像万道银蛇蜿蜒不息。这时船已在三潭印月前面，白云庵那里停住了。我们上了岸，走进那座香烟阒然的古庙，一个老和尚坐在那里向阳。菩萨案前摆了一个签筒，我先抱起来摇了一阵，得了一个上上签，于是朱、王二女士同建也都每人摇出一根来。我们大家拿了签条嘻嘻哈哈笑了一阵，便拜别了那四个怒目咧嘴的大金刚，仍旧坐上船向前泛去。

船身微微地撼动，仿佛睡在儿时的摇篮里，而我们的同伴朱女士，她不住地叫头疼。建像是天真般的同情地道："对了，我也最喜欢头疼，随便到哪里去，一吃力就头疼，尤其是昨夜太劳碌了不曾睡好。"

"就是这话了，"朱女士说："并且，我会晕车！"

"晕车真难过……真的呢！"建故作正经地同情她，我同王女士禁不住大笑，建只低着头，强忍住他的笑容，这使我更要大笑。船泛到湖心亭，我们在那里站了些时，有些感到疲倦了，王女士提议去吃饭。建讲："到了实行我'大吃而特吃'的计划的时候了。"

我说："如要大吃特吃，就到'楼外楼'去吧，那是这西湖上有名的饭馆，去年我们曾在这里遇到宋美龄呢！"

"哦，原来如此，那我们就去吧！"王女士说。

果然名不虚传，门外停了不少辆的汽车，还有几个丘八先生点缀这永不带有战争气氛的湖边。幸喜我们运气好，仅有唯一的一张空桌，我们四个人各霸一方，但是我们为了大家吃得痛快，互不牵掣起见，各人叫各人的菜，同时也各人出各人的钱，结果我同建叫了五只湖蟹，一尾湖鱼，一碗鸭掌汤，一盘虾子冬笋；她们二位女士所叫的菜也和我们大同小异。但其中要推王女士是个吃喝能手，她吃起湖蟹来，起码四五只，而且吃得又快又干净。再衬着她那位最不会吃湖蟹的朋友朱女士，才吃到一个的时候，便叫起头疼来。

杭州西湖苏堤

“那么你不要吃了，让我包办吧！”王女士笑嘻嘻地说。

“好吗！你就包办，……我想吃些辣椒，不然我简直吃不下饭去。”朱女士说。

“对了，我也这样，我们两人真是事事相同，可以说百分之九十九一样，只有一分不一样……”建一本正经地说。

“究竟不同是哪一分呢！”王女士问。

“你真笨，这点都不知道，一个是男人，一个是女人呵！”建说。

这时朱女士正捧着一碗饭待吃，听了这话笑得几乎把饭碗摔到地上去。

“简直是一群疯子，”我心里悄悄地想着，但是我很骄傲，我们到现在还有疯的兴趣。于是把我们久已抛置的童年心情，从坟墓里重新复活，这不能说不是奇迹罢!

黄昏的时候，我们的船荡到艺术学院的门口，我同建去找一个朋友，但是他已到上海去了。我们嗅了一阵桂花的香风后，依然上船。这时凉风阵阵地拂着我们的肌肤，朱女士最怕冷，裹紧大衣，仍然不觉得暖，同时东方的天边已变成灰暗的色彩，虽然西方还漾着几道火色的红霞，而落日已堕到山边，只在我们一眨眼的工夫，已经滚下山去了。远山被烟雾整个地掩蔽着，一望苍茫。小划子轻泛着平静的秋波，我们好像驾着云雾，冉冉地已来到湖滨。上岸时，湖滨已是灯火明耀，我们的灵魂跳出模糊的梦境。虽说这马路上依然是可以漫步无碍，但心情却已变了。回到旅馆吃了晚饭后，我们便商量玩山的计划：上山一定要坐山兜，所以叫了轿班的头老，说定游玩的地点和价目。这本是小问题，但是我们却充分讨论了很久：第一因为山兜的价钱太贵，我同朱女士有些犹疑；可是建同王女士坚持要坐，结果是我们失败了，只得让他们得意洋洋地吩咐轿班第二天早晨七点钟来。

今日是十月九日——正是阴历重九后一日，所以登高的人很多，我们上了山兜，出涌金门，先到净慈观去看浮木井——那是济颠和尚的灵迹。但是在我看来不过一口平凡的井而已，所闻木头浮在当中的话，始终是半信半疑。

出了净慈观又往前走，路渐荒芜，虽然满地不少黄色的野花，半红的枫叶，但那透骨的秋风，唱出飒飒瑟瑟的悲调，不禁使我又悲又喜。像我这样劳碌的生命，居然能够抽出空闲的时间来听秋蝉最后的哀调，看枫叶鲜艳的色彩，领略丹桂清绝的残香，——灵魂绝对的解放，这真是万千之喜。但是再一深念，国家危难，人生如寄，此景此色只是增加人们的哀痛，又不禁悲从中来了……我尽管思绪如麻，而那抬山兜的伕子，不断的向前进行，渐渐的已来到半山之中。这时我从兜子后面往下一看，但见层崖叠壁，山径崎岖，不敢胡思乱想了。捏着一把汗，好容易来到山顶，才吁了一口长气，在一座古庙里歇下了。

同时有一队小学生也兴致勃勃地奔上山来，他们每人手里拿了一包水果和一点吃的东西，都在庙堂前面院子里的雕栏上坐着边唱边吃。我们上了楼，坐在回廊上的藤椅上，和尚泡了上好的龙井茶来，又端了一碟瓜子。我们坐在藤椅上，东望西湖，漾着滟滟光波；南望钱塘，孤帆飞逝，激起白沫般的银浪。把四围无限的景色，都收罗眼底。我们正在默然出神的时候，忽听朱女士说道；“适才上山我真吓死了，若果摔下去简直骨头都要碎的，等会儿我情愿走下去。”

“对了，我也是害怕，回头我们两人走下去罢，让她们俩坐轿！”建说。

“好的，”朱女士欣然地说。

我知道建又在使促狭，我不禁望着他好笑。他格外装得活像说道：“真的，我越想越可怕，那样陡峭的石级，而且又很滑，万一伕子脚一软那还了得，……”建补充的话和他那种强装正经的神气，只惹得我同王女士笑得流泪。一个四十多岁的和尚，他悄然坐在大殿里，看见我们这一群疯子，不知他作何感想，但见他默默无言只光着眼睛望着前面的山景。也许他也正忍俊不禁，所以只好用他那眼观鼻，鼻观心的苦功罢！我们笑了一阵，喝了两遍茶才又乘山兜下山。朱女士果然实行她步行的计划，但是和她表同情的建，却趁朱女士回头看山景的一刹那，悄悄躲在轿子里去了。

“喂！你怎么又坐上去了？”朱女士说。

“呀！我这时忽然想开了，所以就不怕摔，……并且我还有一首诗奉劝朱女士不要怕，也坐上去吧！”

“到底是诗人，……快些念来我们听听罢！”我打趣他。

“当然，当然，”他说着便高声念道：“坐轿上高山，头后脚在先。请君莫要怕，不会成神仙。”

这首诗又使得我们哄然大笑。但是朱女士却因此一劝，她才不怕摔，又坐上山兜了。中午的时候我们在龙井的前面斋堂里吃了一顿素菜。那个和尚说得一口漂亮的北京话，我因问他是不是北方人。他说：“是的，才从北方游方驻扎此地。”这和尚似乎还文雅，他的庙堂里挂了不少名人的字画，同时他还问我在什么地方读书，我对他说家里蹲大学，他似解似不解地诺诺连声地应着，而建的一口茶已喷了一地。这简直是太大煞风景，我连忙给了他三块钱的香火资，跑下楼去。这时日影已经西斜了，不能再流连风景。不过黄昏的山色特别富丽，彩霞如垂幔般地垂在西方的天际，青翠的岗峦笼罩着一层干绡似的烟雾，新月已从东山冉冉上升，远远如弓形的白堤和明净的西湖都笼在沉沉暮霭中。我们的心灵浸醉于自然的美景里，永远不想回到热闹的城市去。但是轿夫们不懂得我们的心事，只顾奔他们的归程。“唷咿”一声山兜停了下来，我们翱翔着的灵魂，重新被摔到满是陷阱的人间。于是疲乏无聊，一切的情感围困了我们。

晚饭后草草收拾了行装，预备第二天回上海。这秋光中的西湖又成了灵魂上的一点印痕，生命的一页残史了。

可怜被解放的灵魂眼看着它垂头丧气的又进了牢囚。

杭州西湖雷峰塔

超山的梅花

文 / 郁达夫

凡到杭州来游的人，因为交通的便利和时间的经济的关系，总只在西湖一带登山望水，漫游两三日，便买些土产，如竹篮纸伞之类，匆匆回去；以为雅兴已尽，尘土已经涤去，杭州的山水佳处，都曾享受过了。所以古往今来，一般人只知道三竺六桥，九溪十八涧，或西湖十景，苏小岳王；而离杭城三五十里稍东偏北的一带山水，现在简直是很少有人去玩，并且也不大有人提起的样子。

在古代可不同，至少至少，在清朝的乾嘉道光，去今百余年前，杭州人的好游的，总没有一个不留恋西溪，也没有一个不披蓑戴笠去看半山（即皋亭山）的桃花、超山的香雪的。原因是因为那时候杭州和外埠的交通，所取的路径都是水道，从嘉兴、上海等处来往杭州，运河是必经之路。舟入塘栖，两岸就看得到山影。到这里，自杭州去他处的人，渐有离乡去国之感，自外埠到杭州来的人，方看得到山明水秀的一个外廓，因而塘栖镇和超山、独山等处，便成了一般旅游之人对杭州的记忆的中心。

超山是在塘栖镇南，旧日仁和县（现在并入杭县了）东北六十里的永和乡的，据说高有五十余丈，周二十里（咸淳《临安志》作三十七丈），因其山超然出于皋亭、黄鹤之外，故名。

从前去游超山，是要从湖墅或拱宸桥下船，向东向北向西向南，曲折回环，冲破菱荇水藻而去的；现在汽车路已经开通，自清泰门向东直驶，至乔司站落北更向西，抄过临平镇，由临平山西北，再驰十余里，就可以到了；"小红唱曲我吹箫"的船行雅处，现在虽则要被汽车的机器油破坏得丝缕无余，但坐船和坐汽车的时间的比例，却有五与一的大差。

汽车走过的临平镇，是以释道潜的一首"风蒲猎猎弄轻柔，欲立蜻蜓不自由。五月临平山下路，藕花无数满汀洲"的绝句出名；而超山北面的塘栖镇，又以南宋的隐士，明末清初的田园别墅出名；介与塘栖与超山之间的丁山湖，更以水光山色，鱼虾果木出名；也无怪乎从前的文人骚客，都要向杭州的东面跑，而超山皋亭山的名字每散见于诸名士的歌咏里了。

超山脚下，塘栖附近的居民，因为住近水乡，阡陌不广之故，所靠以谋生的完全是果木的栽培。自春历夏，以及秋冬，梅子、樱桃、枇杷、杏子、甘蔗之类的出产，一年总有百万元内外。所以超山一带的梅林，成千成万；由我们过路的外乡人看来，只以为是乡民趣味的高尚。个个都在学林和靖的终身不娶，殊不知实际上是他们却是正在靠此而养活妻孥的哩！

超山的梅花，向来是开在立春前后的；梅干极粗极大，枝叉离披四散，五步一丛，十步一坂，每个梅林，总有千株内外，一株的花朵，又有万颗左右；故而开的时候，香气远传到十里之外的临平山麓，登高而远望下来，自然自成一个雪海；近年来虽说梅株减少了一点，但我想比到罗浮的仙境，总也只有过之，不会不及。

从杭州到超山去的汽车路上，过临平山后，两旁已经有一处一处的梅林在迎送了，而汇聚得最多，游人所必到的看梅胜地，大抵总在汽车站西南，超山

杭州运河栖塘广济桥

栖塘古建筑

东北麓，报慈寺大明堂（亦称大明寺）前头，梅花丛里有一个周梦坡筑的宋梅亭在那里的周围五六里地的一圈地方。

报慈寺里的大殿（大约就是大明堂了罢？）前几年被寺的仇人毁坏了，当时还烧死了一位当家和尚在殿东一块石碑之下。但殿后的一块刻有吴道子画的大士像的石碑，还好好地镶在壁里，丝毫也没有动。去年我去的时候，寺僧刚在募化重修大殿；殿外面的东头，并且已经盖好了三间厢房在作客室。后面高一段的三间后殿，火烧时也不曾烧去，和尚手指着立在殿后壁里的那一块石刻大士像碑说："这都是这位大慈大悲救苦救难广大灵感观世音菩萨的福佑！"

在何春渚删成的《塘栖志略》里，说大明寺前有一口井，井水甘洌！旁树石碣，刻有"一人堂堂，二曜重光，泉深尺一，点去冰旁；二人相连，不欠一边，三梁四柱烈火然，添却双钩两日全"之碑铭，不识何意等语。但我去大明堂（寺）的时候，却既不见井，也不见碑；而这条碑铭，我从前是曾在一部笔记叫做《桂苑丛谈》的书里看到过一次的。这书记载着："令狐相公出镇淮海日，支使班蒙，与从事诸人，俱游大明寺之西廊，忽睹前壁，题有此铭，诸宾皆莫能辨，独班支使曰：'得非大明寺水，天下无比八字乎？'众皆恍然。"从此看来，《塘栖志略》里所说的大明寺井碑，应是抄来的文章，而编者所谓不识何意者，还是他在故弄玄虚。当然，寺在山麓，地又近水，寺前寺后，井是当然有一口的；井里的泉，也当然是清洌的；不过此碑此铭，却总有点儿可疑。

大明寺前的所谓宋梅，是一棵曲屈苍老，根脚边只剩了两条树皮围拱，中间空心，上面枝干四叉的梅树。因为怕有人折，树外面全部是用一铁丝网罩住的。树当然是一株老树，起码也要比我的年纪大一两倍，但究竟是不是宋梅，我却不敢断定。去年秋天，曾在天台山国清寺的伽蓝殿前，看见过一株所谓隋梅；前年冬天，也曾在临平山下安隐寺里看见过一枝所谓唐梅；但所谓隋，所谓唐，所谓宋等等，我想也不过"所谓"而已，究竟如何，还得去问问植物考古的专家才行。

出大明堂，从梅花林里穿过，西面从吴昌硕的坟旁一条石砌路上攀登上去，是上超山顶去的大路了。一路上有许多同梦也似的疏林，一株两株如被遗忘了似的红白梅花，不少的坟园，在招你上山，到了半山的竹林边的真武殿（俗称中圣殿）外，超山之所以为超，就有点感觉得到了；从这里向东西北的三面望去，是汪洋的湖水，曲折的河身，无数的果树，不断的低岗，还有塘的两面的点点的人家；这便算是塘栖一带的水乡全景的鸟瞰。

从中圣殿再沿石级上去，走过黑龙潭，更走二里，就可以到山顶，第一要使你骇一跳的，是没有到上圣殿之先的那一座天然石筑的天门。到了这里，你才晓得超山的奇特，才晓得志上所说的"山有石鱼石笋等，他石多异形，如人兽状"诸记载的不虚。实实在在，超山的好处，是在山头一堆石，山下万梅花，至若东瞻大海，南眺钱江，田畴如井，河道如肠，桑麻遍地，云树连天等形容词，则凡在杭州东面的高处，如临平山黄鹤峰上都用得着的，并非是超山独一无二的绝景。

你若到了超山之后，则北去超山七里地外的塘栖镇上，不可不去一到。在那些河流里坐坐船，果树下跑跑路，趣味实在是好不过。两岸人家，中夹一水；走过丁山湖时，向西面看看独山，向东首看看马鞍龟背，想象南宋垂亡，福王在庄（至今其地还叫做福王庄）上所过的醉生梦死脂香粉腻的生涯，以及明清之际，诸大老的园亭别墅、台榭楼堂，或康熙乾隆等数度的临幸，包管你会起一种像读《芜城赋》似的感慨。

又说到了南宋，关于塘栖，还有好几宗故事，值得一提。第一，卓氏家乘《唐栖考》里说："唐栖者，唐隐士所栖也；隐士名珏，字玉潜，宋末会稽人。少孤，以明经教授乡里子弟而养其母。至元戊寅，浮图总统杨连真伽，利宋攒宫金玉，故为妖言惑主听，发掘之。珏怀愤，乃货家具，召诸恶少，收他骨易遗骸，瘗兰亭山后，而树冬青树识焉。珏后隐居唐栖，人义之，遂名其地

国画梅花

为唐栖。”这镇名的来历说，原是人各不同的，但这也岂不是一件极有趣的故事吗？还有塘栖西龙河圩，相传有宋宫人墓；昔有士子，秋夜凭栏对月，忽闻有环珮之声，不寐听之，歌一绝云：“淡淡春山抹未浓，偶然还记旧行踪，自从一入朱门去，便隔人间几万重。”闻之酸鼻。这当然也是一篇绝哀艳的鬼国文章。

塘栖镇跨在一条水的两岸，水南属杭州，水北属德清；商市的繁盛，酒家的众多，虽说只是一个小小的镇集，但比起有些县城来，怕还要闹热几分。所以游过超山，不愿在山上吃冷豆腐黄米饭的人，尽可以上塘栖镇上去痛饮大嚼；从山脚下走回汽车路去坐汽车上塘栖，原也很便，但这一段路，总以走走路坐坐船更为合适。

清河坊

文 / 俞平伯

山水是美妙的俦侣，而街市是最亲切的。它和我们平素十二分稔熟，自从别后，竟毫不踌躇，蓦然闯进忆之域了。我们追念某地时，山水的清音，其浮涌于灵府间的数和度量每不敌城市的喧哗，我们大半是俗骨哩！（至少我是这么一个俗子）！白老头儿舍不得杭州，却说“一半勾留为此湖”；可见西湖在古代诗人心中，至多也只沾了半面光。那一半儿呢？谁知道是什么！这更使我胆大，毅然于西湖以外，另写一题曰“清河坊”。读者若不疑我为火腿茶叶香粉店作新式广告，那再好没有。

我决不想描写杭州狭陋的街道和店铺，我没有那般细磨细琢的工夫，我没有那种收集零丝断线织成无缝天衣的本领，我只得藏拙。我所亟亟要显示的是淡如水的一味依恋，一种茫茫无羁泊的依恋，一种在夕阳光里，街灯影傍的依恋。这种委婉而入骨三分的感触，实是无数的前尘前梦酝酿成的，没有一桩特殊事情可指点，也不是一朝一夕之功。我实在不知从何说起，但又觉得非说不可。环问我：“这种窘题，你将怎么做？”我答：“我不知道是怎样做，我自信做得下去。”

人和“其他”外缘的关联，打开窗子说亮话，是没有那回事。真的不可须臾离的外缘是人与人的系属，所谓人间便是。我们试想：若没有飘零的游子，则西风下的黄叶，原不妨由它们哗哗自己去响着。若没有憔悴的女儿，则枯干了的红莲花瓣，何必常夹在诗集中呢？人万一没有悲欢离合，月即使有阴晴圆缺，又何为呢？怀中不曾收得美人的倩影，则入画的湖山，其黯淡又将如何呢？……一言蔽之，人对于万有的趣味，都从人间趣味的本身投射出来的。这基本趣味假如消失了，则大地河山及它所有的兰因絮果毕落于渺茫了。在此我想注释我在《鬼劫》中一句费解的话：“一切似吾生，吾生不似那一切。”

离题已远，快回来吧！我自述鄙陋的经验，还要“像煞有介事”，不又将为留学生所笑乎？其实我早应当自认这是幻觉，一种自骗自的把戏。我在此所要解析的，是这种幻觉怎样构成的。这或者虽在通人亦有所不弃吧。

这儿名说是谈清河坊，实则包括北自羊坝头，南至清河坊这一条长街。中间的段落各有专名，不烦枚举。看官如住过杭州的，看到这儿早已恍然；若没到过，多说也还是不懂。杭州的热闹市街不止一条，何以独取清河坊呢？我因它逼窄得好，竟铺石板不修马路亦好，认它为Typical杭州街。

我们雅步街头，则砣磴砣磴地石板怪响，而大嚷“欠来！欠来”的洋车，或前或后冲过来了。若不躲闪，竟许老实不客气被车夫推搡一下，而你自然不得不肃然退避了。天晴还算好，落雨的时候，那更须激起石板洼隙的积水溅上你的衣裳，这真糟心！这和被北京的汽车轮子溅了一身泥浆是仿佛的。虽然发江南热的我觉得北京的汽车是老虎（非彼老虎也！），而杭州的车夫毕竟是人。你拦阻他的去路，他至多大喊两声，推你一把，不至于如北京的高轩哀嘶长唳地过去，似将要你的一条穷命。

哪怕它十分喧阗，悠悠然的闲适总归消除不了。我所经历的江南内地，都有这种可爱的空气，这真有点儿古色古香。

杭州清河坊老街

我在伦敦纽约虽住得不久，却已嗅得欧美名都的忙空气；若以彼例此，则藐乎小矣。杭州清河坊的闹热，无事忙耳。他们越忙，我越觉得他们是真闲散。忙且如此，不忙可知。——非闲散而何?

我们雅步街头，虽时时留意来往的车子，然终不失为雅步。走过店窗，看看杂七杂八的货色，一点没有Show Window的规范，但我不讨厌它们。我们常常去买东西，还好意思摔什么"洋腔"呢?

我俩和娴小姐同走这条街的次数最多，她们常因配置些零星而去，我则瞎跑而已。有几家较熟的店铺差不多没有不认识我们的。有时候她们先到，我从别处跑了去，一打听便知道，我终于会把她们追着的。大约除掉药品书报糖食以外，我再不花什么钱，而她们所买绝然不同，都大包小裹的带回了家，挨到上灯的时分。若今天买的东西少，时候又早，天气又好，往往雇车到旗下营去，从繁热的人笑里，闲看湖滨的暮霭与斜阳。"微阳已是无多恋，更苦遥青著意遮。"我时时看见这诗句自己的影子。

清河坊中，小孩子的油酥饺是佩弦以诗作保证的；我所以时常去买来吃。叫她们吃，她们以在路上吃为不雅而不吃；常被我一个人吃完了。油酥饺冰冷的，您想不得味吧。然而我竟常买来吃，且一顿便吃完了。您不以为诧异吗?不知佩弦读至此如何想?他不会得说："这是我一首诗的力啊！"

我收集花果的本领真太差，有些新鲜的果子，藏在怀中几年之后，不但香色无复从前，并且连这些果子的名目，形态，影儿都一起丢了。这真是所谓"抚空怀而自惋"了。譬如提到清河坊，似有层层叠叠感触的张本在那边，然细按下去，便觉洞然无物。即使不是真的洞然，也总是说它不出。在实际上，"说不出"与"洞然"的差别，真是太小了。

在这狭的长街上，不知曾经留下我们多少的踪迹。可是坚且滑的石板上，使我们的肉眼怎能辨别呢?况且，江南的风虽小，雨却豪纵惯了的。暮色苍然下，飒飒的细点儿，渐转成牵丝的"长脚雨"，早把这一天走过的千千人的脚迹，不论男的女的老的少的村的俏的，洗刷个干净。一日且如此，何论旬日；兼旬既如此，何论经年呢？明日的人儿等着哩，今日的你怎能不去！不看见吗？水上之波如此，天上之云如斯；云水无心，“人”却多了一种荒唐的眷恋，非自寻烦恼吗？若依颉刚的名理推之，烦恼是应当自己寻的；这却又无以难他。

我由不得发两句照例的牢骚了。天下唯有盛年可贵，这是自己证明的真实。梦阑酒醒，还算个什么呢，千金一刻是正在醉梦之中央。我们的脚步踏在土泥或石上，我们的语笑颤荡在空气中，这是何等的切实可喜。直到一切已黯淡渺茫，回首有凄悱的颜色，那时候的想头才最没有出息；一方面要追挽已逝的芳香，一方面妒羡他人的好梦。去了的谁挽得住，剩一双空空的素手；妒羡引得人人笑，我们终被拉下了。这真觉得有点犯不着，然而没出息的念头，我可是最多。

匆匆一年之后，我们先后北来了。为爱这风尘来吗？还是逃避江南的孽梦呢？娴小姐平日最爱说“窝逸”。破烂的大街，荒寒的小胡同，时闻瑟缩的枯叶打抖，尖厉的担儿吆喝，沉吟的车骨碌的话语，一灯初上，四座无言；她仍然会说“窝逸”吗？或者陡然猛省，这是寂寞长征的一尖站呢？我毕竟想不出她应当怎样着想方好。

我们再同步于北京的巷陌，定会觉得异样；脚下的尘土，比棉花还软得多哩。在这样的软尘中，留下的踪迹更加靠不住了，不待言。将来万一，娴小姐重去江南，许我谈到北京的梦，还能如今日谈杭州清河坊巷这样的洒脱吗？“人到来年忆此年。”想到这里，心渐渐的低沉下去，另有一幅飘零的图画影子，烟也似的晃荡在我眼下。

话说回来，干脆了当！若我们未曾在那边徘徊，未曾在那边笑语；或者即有徘徊笑语的微痕而不曾想到去珍惜它们，则莫说区区清河坊，即十百倍的胜迹亦久不在话下了。我爱诵父亲的诗句：

只缘曾系乌篷艇，野水无情亦耐看。

金陵忆旧

桨声灯影里的秦淮河

文 / 朱自清

一九二三年八月的一晚，我和平伯同游秦淮河；平伯是初泛，我是重来了。我们雇了一只“七板子”，在夕阳已去、皎月方来的时候，便下了船。于是桨声汩——汩，我们开始领略那晃荡着蔷薇色的历史的秦淮河的滋味了。

秦淮河里的船，比北京万生园、颐和园的船好，比西湖的船好，比扬州瘦西湖的船也好。这几处的船不是觉着笨，就是觉着简陋，局促；都不能引起乘客们的情韵，如秦淮河的船一样。秦淮河的船约略可分为两种：一是大船；一是小船，就是所谓“七板子”。大船舱口阔大，可容二三十人。里面陈设着字画和光洁的红木家具，桌上一律嵌着冰凉的大理石面。窗格雕镂颇细，使人起柔腻之感。窗格里映着红色蓝色的玻璃；玻璃上有精致的花纹，也颇悦人目。“七板子”规模虽不及大船，但那淡蓝色的栏杆，空敞的舱，也足系人情思。而最出色处却在它的舱前。舱前是甲板上的一部，上面有弧形的顶，两边用疏疏的栏杆支着。里面通常放着两张藤的躺椅。躺下，可以谈天，可以望远，可以顾盼两岸的河房。大船上也有这个，但在小船上更觉清隽罢了。舱前的顶下，一律悬着灯彩；灯的多少，明暗，彩苏的精粗，艳晦，是不一的，但好歹总还你一个灯彩。这灯彩实在是最能钩人的东西。夜幕垂垂地下来时，大小船上都点起灯火。从两重玻璃里映出那辐射着的黄黄的散光，反晕出一片朦胧的烟霭；透过这烟霭，在黯黯的水波里，又逗起缕缕的明漪。在这薄霭和微漪里，听着那悠然的间歇的桨声，谁能不被引入他的美梦去呢？只愁梦太多了，这些大小船儿如何载得起呀？我们这时模模糊糊的谈着明末的秦淮河的艳迹，如《桃花扇》及《板桥杂记》里所载的。我们真神往了。我们仿佛亲见那时华灯映水，画舫凌波的光景了。于是我们的船便成了历史的重载了。我们终于恍然秦淮河的船所以雅丽过于他处，而又有奇异的吸引力的，实在是许多历史的影像使然了。

秦淮河的水是碧阴阴的，看起来厚而不腻，或者是六朝金粉所凝么？我们初上船的时候，天色还未断黑，那漾漾的柔波是这样恬静、委婉，使我们一面有水阔天空之想，一面又憧憬着纸醉金迷之境了。等到灯火明时，阴阴的变为沉沉了：黯淡的水光，像梦一般；那偶然闪烁着的光芒，就是梦的眼睛了。我们坐在舱前，因了那隆起的顶棚，仿佛总是昂着首向前走着似的；于是飘飘然如御风而行的我们，看在那些自在的湾泊着的船，船里走马灯般的人物，便像是下界一般，迢迢的远了，又像在雾里看花，尽朦朦胧胧的。这时我们已过了利涉桥，望见东关头了。沿路听见断续的歌声：有从沿河的妓楼飘来的，有从河上船里度来的。我们明知那些歌声，只是些因袭的言词，从生涩的歌喉里机械的发出来的；但它们经了夏夜的微风的吹漾和水波的摇拂，袅娜着到我们耳边的时候，已经不单是她们的歌声，而混着微风和河水的密语了。于是我们不得不被牵惹着，震撼着，相与浮沉于这歌声里了。从东关头转弯，不久就到大中桥。大中桥共有三个桥拱，都很阔大，俨然是三座门儿；使我们觉得我们的船和船里的我们，在桥下过去时，真是太无颜色了。桥砖是深褐色，表明它的历史的长久；但都完好无缺，令人太息于古昔工程的坚美。桥上两旁都是木壁的房子，中间应该有街路？这些房子都破旧了，多年烟熏的迹，遮没了当年的美丽。我想象秦淮河的极盛时，在这样宏阔的桥上，特地盖了房子，必然是髹漆得富富丽丽的；晚间必然是灯火通明的，现在却只剩下一片黑沉沉！但是桥上造着房子，毕竟使我们多少可以想见往日的繁华；这也慰情聊胜于无了。过了大中桥，便到了灯月交辉、笙歌彻夜的秦淮河，这才是秦淮河的真面目哩。

大中桥外，顿然空阔，和桥内两岸排着密密的人家的景象大异了。一眼望去，疏疏的林，淡淡的月，衬着蔚蓝的天，颇像荒江野渡光景；那边呢，郁丛丛的，阴森森的，又似乎藏着无边的黑暗：令人几乎不信那是繁华的秦淮河了。但是河中眩晕着的灯光，纵横着的画舫，悠扬着的笛韵，夹着那吱吱的胡琴声，终于使我们认识绿如茵陈酒的秦淮水了。此地天裸露着的多些，故觉夜来的独迟些；从清清的水影里，我们感到的只是薄薄的夜——这正是秦淮河的夜。大中桥外，本来还有一座复成桥，是船夫口中的我们的游迹尽处，或也是秦淮河繁华的尽处了。我的脚曾踏过复成桥的脊，在十三四岁的时候。但是两次游秦淮河，却都不曾见着复成桥的面；明知总在前途的，却常觉得有些虚无缥缈似的。

我想，不见倒也好。这时正是盛夏。我们下船后，借着新生的晚凉和河上的微风，暑气已渐渐消散；到了此地，豁然开朗，身子顿然轻了——习习的清风荏苒在面上、手上、衣上，这便又感到了一缕新凉了。南京的日光，大概没有杭州猛烈；西湖的夏夜老是热蓬蓬的，水像沸着一般，秦淮河的水却尽是这样冷冷地绿着。任你人影的憧憧，歌声的扰扰，总像隔着一层薄薄的绿纱面幂似的；它尽是这样静静的，冷冷的绿着。

我们出了大中桥，走不上半里路，船夫便将船划到一旁，停了桨由它宕着。他以为那里正是繁华的极点，再过去就是荒凉了，所以让我们多多赏鉴一会儿。他自己却静静的蹲着。他是看惯这光景的了，大约只是一个无可无不可。这无可无不可，无论是升的沉的，总之，都比我们高了。

秦淮河

那时河里闹热极了；船大半泊着，小半在水上穿梭似的来往。停泊着的都在近市的那一边，我们的船自然也夹在其中。因为这边略略的挤，便觉得那边十分的疏了。在每一只船从那边过去时，我们能画出它的轻轻的影和曲曲的波，在我们的心上；这显着是空，且显着是静了。那时处处都是歌声和凄厉的胡琴声，圆润的喉咙，确乎是很少的。但那生涩的，尖脆的调子能使人有少年的、粗率不拘的感觉，也正可快我们的意。况且多少隔开些儿听着，因为想象与渴慕的做美，总觉更有滋味；而竞发的喧嚣，抑扬的不齐，远近的杂沓，和乐器的嘈嘈切切，合成另一意味的谐音，也使我们无所适从，如随着大风而走，这实在因为我们的心枯涩久了，变为脆弱；故偶然润泽一下，便疯狂似的不能自主了。

但秦淮河确也腻人。即如船里的人面，无论是和我们一堆儿泊着的，无论是从我们眼前过去的，总是模模糊糊的，甚至渺渺茫茫的；任你张圆了眼睛，揩净了眦垢，也是枉然。这真够人想呢。在我们停泊的地方，灯光原是纷然的；不过这些灯光都是黄而有晕的。黄已经不能明了，再加上了晕，便更不成了。灯愈多，晕就愈甚；在繁星般的黄的交错里，秦淮河仿佛笼上了一团光雾。光芒与雾气腾腾的晕着，什么都只剩了轮廓了；所以人面的详细的曲线，便消失于我们的眼底了。但灯光究竟夺不了那边的月色，灯光是浑的，月色是清的。在浑沌的灯光里，渗入一派清辉，却真是奇迹！那晚月儿已瘦削了两三分。她晚妆才罢，盈盈地上了柳梢头。天是蓝得可爱，仿佛一汪水似的；月儿便更出落得精神了。岸上原有三株两株的垂杨树，淡淡的影子，在水里摇曳着。它们那柔细的枝条浴着月光，就像一支支美人的臂膊，交互的缠着，挽着；又像是月儿披着的发。而月儿偶尔也从它们的交叉处偷偷窥看我们，大有小姑娘怕羞的样子。岸上另有几株不知名的老树，光光的立着，在月光里照起来，却又俨然是精神矍铄的老人。远处——快到天际线了，才有一两片白云，亮得现出异彩，像是美丽的贝壳一般。白云下便是黑黑的一带轮廓；是一条随意画的不规则的曲线。这一段光景，和河中的风味大异了。但灯与月竟能并存着，交融着，使月成了缠绵的月，灯射着渺渺的灵辉，这正是天之所以厚秦淮河，也正是天之所以厚我们了。

这时却遇着了难解的纠纷。秦淮河上原有一种歌妓，是以歌为业的。从前都在茶舫上，唱些大曲之类。每日午后一时起，什么时候止，却忘记了。晚上照样也有一回，也在黄晕的灯光里。我从前过南京时，曾随着朋友去听过两次。因为茶舫里的人脸太多了，觉得不大适意，终于听不出所以然。前年听说歌妓被取缔了，不知怎的，颇涉想了几次——却想不出什么。这次到南京，先到茶舫上去看看，觉得颇是寂寥，令我无端的怅怅了。不料她们却仍在秦淮河里挣扎着，不料她们竟会纠缠到我们，我于是很张皇了，她们也乘着“七板子”，她们总是坐在舱前的。舱前点着石油汽灯，光亮眩人眼目：坐在下面的，自然是纤毫毕见了——引诱客人们的力量，也便在此了。舱里躲着乐工等人，映着汽灯的余晖蠕动着；他们是永远不被注意的。每船的歌妓大约都是二人；天色一黑，她们的船就在大中桥外往来不息的兜生意。无论行着的船，泊着的船，都是要来兜揽的。这都是我后来推想出来的。那晚不知怎样，忽然轮着我们的船了。我们的船好好的停着，一只歌舫划向我们来了；渐渐和我们的船并着了。烁烁的灯光逼得我们皱起了眉头；我们的风尘色全给它托出来了，这使我踧踖不安了。那时一个伙计跨过船来，拿着摊开的歌折，就近塞向我的手里，“点几出吧！”他跨过来的时候，我们船上似乎有许多眼光跟着。同时相近的别的船上也似乎有许多眼睛炯炯地向我们船上看着。我真窘了！我也装出大方的样子，向歌妓们瞥了一眼，但究竟是不成的！我勉强将那歌折翻了一翻，却不曾看清了几个字；便赶紧递还那伙计，一面不好意思地说：“不要。我们……不要。”他便塞给平伯，平伯掉转头去，摇手说：“不要。”那人还腻着不走。平伯又回过脸来，摇着头道，“不要！”于是那人重到我处。我窘着再拒绝了他。他这才有所不屑似的走了。我的心立刻放下，如释了重负一

秦淮河畔的夫子庙

般。我们就开始自由了。

我说我受了道德律的压迫，拒绝了她们；心里似乎很抱歉的。这所谓抱歉，一面对于她们，一面对于我自己。她们于我们虽然没有很奢的希望；但总有些希望的。我们拒绝了她们，无论理由如何充足，却使她们的希望受了伤；这总有几分不做美了。这是我觉得很怅怅的。至于我自己，更有一种不足之感。我这时被四面的歌声诱惑了，降伏了；但是远远的，远远的歌声总仿佛隔着重衣搔痒似的，越搔越搔不着痒处。我于是憧憬着贴耳的妙音了。在歌舫划来时，我的憧憬，变为盼望；我固执的盼望着，有如饥渴。虽然从浅薄的经验里，也能够推知，那贴耳的歌声，将剥去了一切的美妙；但一个平常的人像我的，谁愿凭了理性之力去丑化未来呢？我宁愿自己骗着了。不过我的社会感性是很敏锐的；我的思力能拆穿道德律的西洋镜，而我的感情却终于被它压服着。我于是有所顾忌了，尤其是在众目昭彰的时候。道德律的力，本来是民众赋予的；在民众的

秦淮八艳之董小宛像

面前，自然更显出它的威严了。我这时一面盼望，一面却感到了两重的禁制：一，在通俗的意义上，接近妓者总算一种不正当的行为；二，妓是一种不健全的职业，我们对于她们，应有哀矜勿喜之心，不应赏玩地去听她们的歌。在众目睽睽之下，这两种思想在我心里最为旺盛。她们暂时压倒了我的听歌的盼望，这便成就了我的灰色的拒绝。那时的心实在异常状态中，觉得颇是昏乱。歌舫去了，暂时宁静之后，我的思绪又如潮涌了。两个相反的意思在我心头往复：卖歌和卖淫不同，听歌和狎妓不同，又干道德甚事？——但是，但是，她们既被逼的以歌为业，她们的歌必无艺术味的；况她们的身世，我们究竟该同情的。所以拒绝倒也是正办。但这些意思终于不曾撇开我的听歌的盼望。

它力量异常坚强，它总想将别的思绪踏在脚下。从这重重的争斗里，我感到了浓厚的不足之感。这不足之感使我的心盘旋不安，起坐都不安宁了。唉！我承认我是一个自私的人！平伯呢，却与我不同。他引周启明先生的诗，“因为我有妻子，所以我爱一切的女人；因为我有子女，所以我爱一切的孩子。”他的意思可以见了。他因为推及的同情，爱着那些歌妓，并且尊重着她们，所以拒绝了她们。在这种情形下，他自然以为听歌是对于她们的一种侮辱。但他也是想听歌的，虽然不和我一样。所以在他的心中，当然也有一番小小的争斗；争斗的结果，是同情胜了。至于道德律，在他是没有什么的；因为他很有蔑视一切的倾向，民众的力量在他是不大觉着的。这时他的心意的活动比较简单，又比较松弱，故事后还怡然自若；我却不能了。这里平伯又比我高了。

在我们谈话中间，又来了两只歌舫。伙计照前一样的请我们点戏，我们照前一样的拒绝了。我受了三次窘，心里的不安更甚了。清艳的夜景也为之减色。船夫大约因为要赶第二趟生意，催着我们回去；我们无可无不可的答应了。我们渐渐和那些晕黄的灯光远了，只有些月色冷清清的随着我们的归舟。我们的船竟没个伴儿，秦淮河的夜正长哩！到大中桥近处，才遇着一只来船。这是一只载妓的板船，黑漆漆的没有一点光。船头上坐着一个妓女；暗里看出，白地小花的衫子，黑的下衣。她手里拉着胡琴，口里唱着青衫的调子。她唱得响亮而圆转；当她的船箭一般驶过去时，余音还袅袅地在我们耳际，使我们倾听而向往。想不到在弩末的游踪里，还能领略到这样的清歌！这时船过大中桥了，森森的水影，如黑暗张着巨口，要将我们的船吞了下去。我们回顾那渺渺的黄光，不胜依恋之情：我们感到了寂寞了！这一段地方夜色甚浓，又有两头的灯火招邀着；桥外的灯火不用说了，过了桥另有东关头疏疏的灯火。我们忽然仰头看见依人的素月，不觉深悔归来之早了！走过东关头，有一两只大船湾泊着，又有几只船向我们来着。嚣嚣的一阵歌声人语，仿佛笑我们无伴的孤舟哩。东关头转湾，河上的夜色更浓了；临水的妓楼上，时时从帘缝里射出一线一线的灯光；仿佛黑暗从酣睡里眨了一眨眼。我们默然地对着，静听那汩——汩的桨声，几乎要入睡了；朦胧里却温寻着适才的繁华的余味。我那不安的心在静里愈显活跃了！这时我们都有了不足之感，而我的更其浓厚。我们却又不愿回去，于是只能由懊悔而怅惘了。船里便满载着怅惘了。直到利涉桥下，微微嘈杂的人声，才使我豁然一惊；那光景却又不同。右岸的河房里，都大开了窗户，里面亮着晃晃的电灯，电灯的光射到水上，蜿蜒曲折，闪闪不息，正如跳舞着的仙女的臂膊。

我们的船已在她的臂膊里了，如睡在摇篮里一样，倦了的我们便又入梦了。那电灯下的人物，只觉得像蚂蚁一般，更不去萦念。这是最后的梦，可惜的是最短的梦！黑暗重复落在我们面前，我们看见傍岸的空船上一星两星的，枯燥无力又摇摇不定的灯光。我们的梦醒了，我们知道就要上岸了；我们心里充满了幻灭的情思。

1963年朱石麟执导的电影《董小宛》

在玄武湖畔

文 / 李金发

在玄武湖畔这个不可多得的，打破六十余年纪录的，温度达一百零四度四的一九三四年，我恰从温和适意的南国的罗浮山，跑到石头城来，我是自叹倒霉，预备去受酷暑的磨难的。不料不幸中之幸，终于躲在玄武湖养园两个月，和太阳神抵抗，终得平安过去。现在秋意渐渐浓厚，我继续在居住，看着大自然逐步失去活泼之态，一面严冬又在准备它的大业。

七月初旬，知道家人要北来，我就在南京物色西式的住宅，从五台山走到阴阳营，马家街等地都空费流汗。凑巧得很，友人汪君来访，他知道我在找房子，他提议分租他住养园一部分给我，真是再好没有，人们求之不得的。我于是遂从不脱南京旧日本色的金沙井逃出来，好像舒了一口喘息似的。

到上海去接家人回来，就在那里过昼伏夜出的生活。

这个中国式的西洋别墅，不要小看它，是当年住过许多“党国要人”的，因为以前做过荷院俱乐部。值得提起的，是它有一大客厅，可容六七十人跳舞，当年曾做过首都社交中心的工具的，其余的建筑则一无是处。然细察一会，则可看出屋主人是休养林泉的能手，房子全部的窗和门，都是铁纱窗，没有苍蝇蚊子踪影。四周栽满花草，高纵的树木包围着，在窗外还有芭蕉的绿叶，代替了窗帘。葡萄藤满生白色的果实，在预备采食之前一日，为不知什么鼠食得干净。西偏有成亩的小竹成林，因为久旱的缘故，笋子老埋在土下，一遇下过了雨，翌晨无数的幼芽，从土中如笔般长出。老园丁说，此种笋不会长成，便将它挖出来做菜；起初觉得非常可惜，煞风景，但后来看惯了，自己也每遇雨后抢着去挖，把它鲜炒或晒成笋干。

杨柳在窗外摇曳，有时垂到地下，阻住人来往的路，但从不会把它砍短；有时柳枝驻下一二个富于气力的蝉儿，引吭高歌，与远处高处的和成一个合奏曲，真是热闹，有时扰人午睡又觉罪不容诛。听茵子说，秋天无力的蝉，叫声是“也余也余”地叫，与盛夏的“余余余”不变音的叫法，是不同的。后来入了秋听之，果然不错。亏得我在乡间住了十几年，还不曾听过这常识。至今思之，不快的，是有一天气压非常高的一天，我出去公园管理处打电话，看到一个穿草鞋的苦力人，手持一竹竿，腰间接着一竹篓，正在将一种胶质糊在竿尾，然后仰首去寻蝉声所自出，将这有胶的竿，轻轻地靠在鸣着的蝉之背部，则两翼已在无用的挣扎，他徐徐将竿退下，将蝉翼上有胶的部分揭去（美丽的翼就此残缺了），放进篓中，它无数同命运者中去。

犹闻闹成一张如人类狱中的罪人之骚动，我好奇地，借他的竿也捉下一个，也给他放进去了。这是我牺牲一小生命的罪过！闻此种蝉将卖给小孩子玩，——磨难小动物，是中国儿童的时色，也是无知的父母所允诺的。——或卖给人做药材，这就是与人无所忤的自然吟咏者之命运。

不知怎的，我近十年来很觉得心肠仁慈多了，一个小小的蚱蜢及蟋蟀，甚至蚂蚁，我都不愿及不许小孩们弄死，或磨难它们，对于它们的生活，我也很趣味，充其量我可以做一个昆虫学家Fabier（法布尔）也说不定。他们粗人俗人，常常笑我尚有孩子气，我承认我尚有赤子之心，个中诗意及哲理是他们

不能领略的。有一次，我无意中在树根下发现两种蚂蚁在斗争，纠纷的起因为何，我可惜没有看到，追我看见时，已有十来个大蚁（有半英寸长）为无数小蚁擒食，大蚁则派几个勇士，守在土穴之口，张开铁一般黑钳，窥伺着。环绕着的小蚁群，偶有一个过于勇敢不小心的小蚁，便会把它衔进去受极刑。有时大蚁稍不小心，走得过远，便为小蚁包围，你吃一脚，他吃一臂，就走不动了，这样就断送了它的性命。这不是人类的缩影吗？我蹲在那里，足足看了一点钟，心头非常难过，但没有法子可以排解它们，后来我回去吸一枝香烟，和写了一点译稿，再来看时，小蚁们已退至东偏，大蚁出来，到已退出的阵地，

南京玄武湖黄昏美景

张皇地在寻觅。怎样的经过呢？小蚁自动的总退却呢，还是为大蚁吞食到如此田地呢？大蚁又何不追击呢？我想彼此牺牲必不少，这些都使我沉思了终日，这样的蚁斗，也不多见了。

此地的蟾蜍，是孩子们的朋友，他们叫它为“呷呷仔”，每遇下雨，它们就东一个西一个笨拙地爬出来觅食（实在下了雨，什么蚊虫也走光了，它的本能失了效用）。尤以竹林下为多，小孩子若以竹子打打它的背部，它撑起四脚，鼓胀着气来抵抗，这真是拉芳登寓言中所说的一样。

夕阳西下，人们鱼贯地来园中散步的时候，便见数百只麻雀群，在梧桐树枝上觅栖宿的地方，至少噪杂在半个钟头以上，才跟着夜色四合，寂然无声，大概是位置的分配罢！每当夜间雷电交作，或狂风怒吼的时候，它们在不安定的枝头受苦，我常常在深夜想起，很可怜这小动物。

每个大树下都有石桌石凳，可以在月亮挂在枝间或在紫金山之巅时，一壶清茶，几个知心朋友，纵谈天下事，几不知人世间还有烦恼事。

房屋的四周，许多花枝不断地开着，远望去总是红的白的掩映在眼帘，是何等赏心悦目呀！有时，折下一些来，自私地插在大大小小的瓶里，轻淡的微黄的玫瑰花之香，与美人蕉的艳红，真使客厅生色，恨不得多几个人来赏玩。篱近有许多牵牛花我最爱，总共有七八种颜色，清晨起来散步的时候，最鲜艳，可惜不到晚间，已萎谢了。这样短促的光荣，使人多么惋惜。这边的一草一木，都是园丁老沙手栽的，我们对着他的晚景，应该感谢他而凄怆。他现年五十八岁了，面色为日光晒成深赤色，鼻子扁平的，——星相家一定说是他倒霉的原因，——说的满口徐州话，人还是很康健，他在此足足十年了，当主人做总办的时候，这个房子还没有造他就来此，忠实服务到现在，不知怎的他老是想回老家去。他说他有储蓄一百元，回去卖烧饼油条亦可过日子，吃完了则讨饭。他没有妻子亲属，使人对他的余年发生无限怜悯，我曾叫汪君挽留这忠仆，以后不知怎样安排。

每当热度到百零几度的时候，即闭着窗户午睡，亦挥汗如露珠，有时为蝉声或斑鸠声搅醒，还睡眼惺忪的，看着修路的工人，在猛射的太阳下推着咿呀的车子，心头真是难过，但世间不平的原因多哩。

现在新秋已徐步到人间，紫金山边白茫茫的细雨继续地洒向枯槁的园林，怪令人可爱的，习习轻风，吹向两腋，精神为之一振，可是没有涟漪的水，生起如织的波纹，只剩得湖边的杨柳，满带愁思地摇曳。

广漠的曾飘出芳香的荷田，现在也不见淡红的花朵，向人微笑，点首，隐约呈现衰老的黄叶，大概不久也会为人刈割净尽了。昔日无数画艇荡漾地载着

玄武湖一角

鹈鲽漫游之湖心，现在全为高与人齐的野草占据着，出人不意的从草根下飞起一群水鸟，或白鹭，朝向浅渚去窥伺天真的小鱼。

放眼望去，没有一点水的模样，惟前次在飞机上下望，则尚有几处较深的地方，还有相当的水，为无数鱼鳖逃命之所，不禁令人有沧海桑田之感。

薄薄的银灰色的秋云，好像善意来保护我们似的，把太阳遮得没有热力了，黄昏的时候，夕阳在云端舞着最后的步伐，放出鲜艳的橙色，送着绯红的日球徐徐下坠，像忍心一日的暂别。此时绿荫之下，不缺乏比肩倩影，喁喁絮着誓语，几阵不知趣的归窠小鸟，从他们头上飞过装出怪声，没有不仰首察看一次的。湖山为他们而存在呢，还是他们为湖山之陪衬品？

一到晚饭后，寻乐的伴侣成群的从桥的那端姗姗而来，沉静的灯光，照着行人得意之色；蓝黛的长天疏星点缀着，如眉的新月，映出林木的轮廓，顿增加黑夜的神秘性。夏蝉已成为哑巴只寻死的扑向灯光而来，土地下的雌雄蟋蟀，在得意地歌唱，也不似了解未来的命运。远处的火车汽笛声如魔鬼尖锐之音，投进满怀秋思失恋者之心曲，比塞北胡笳更凄清。城之南的天空，映出淡淡的桃红色，不消说那边是车水马龙的繁华世界，许多公子哥儿，正在酒绿灯红中谈着情话，不曾有半点水旱天灾的痕迹在他们梨涡里，大人先生也正在兴高采烈的，在觥筹交错，说着虚伪的官话，或在作揖啊。

到了九点钟时分，游人兴尽走光，提篮的卖葡萄人，也已收盘，湖畔顿成一片静寂，一点足音也听不到，只有时枝头的斑鸠扒翼的声音，或蚯蚓威威的长鸣。那时月儿已复隐到地平线下去，园中黑漆一团像有阴森的景象，使人心头有些惧怯，只好借口疲倦，自己欺骗自己逃到睡乡去。

金陵古迹

文 / 石评梅

一、鸡鸣寺

由东大参观后，步行游鸡鸣寺，沿途张绿树作幕，铺苍苔作毡，慢慢地上台山（即鸡鸣山），幸而有两旁的杨槐遮赤日，山间的清风拂去炎热。到了半山已望见鸡鸣寺，隐约现于浓荫中。惠和拉着我坐在路旁的一块石上稍息。望下去，只见弯曲的成了一道翠幕张满的道。赤日由树叶的缝里露出，印在地下成了种种的花纹。在那倾斜的浓绿山下，时时能听到小鸟啁啾，和着她们娇脆的笑声，在山里回音，特别觉着响亮！我同惠和宝珍并着肩连谈带笑地上山去，约没十分钟的时间，已到了鸡鸣寺前，一抬头就看见对面壁上，画着一幅水淹金山寺的图。寺门上有四个大红字是“皆大欢喜”。进去转了有一二个弯就到了正殿，钟声嘹亮，香烟萦绕，八大罗汉里边，只有二三个穿着新衣服——金装，其余都破衣烂裳，愁眉苦眼，有种很伤心的样子！罗汉中也同时有幸与不幸啊！

鸡鸣寺

临窗为玄武湖，碧水荡漾，平静如镜，苍苔绿茵，一望皆青。远山含烟，氤氲云间，我问庙里的道士，说是“幕府山”。窗下一望，可摸着杨柳的顶头，惠风颤荡着，婀娜飘舞，像对着我们鞠躬一样！湖山青碧，景致潇洒，俯仰之间，只觉心神怡然，融化在宇宙自然之中。我们六七个人聚在一桌吃茶，卧薪伏在窗上慢慢地已睡去，我们同芗蘅谈到北京东岳庙里的鬼，说着津津有味的时候，艾一情先生说：“天晚了走吧！”我们遂出了正殿。我临走的时候，向窗下一望，已披了一层烟云的雾，把湖山风景遮了起来。一路瑟瑟树声，哀婉鸟语，深黑的林内，蕴蓄着无穷的神秘和阴森。台城的左右，都是革命志士的坟墓，白杨萧森，英魂赫濯，一腔未洒完的热血，将永埋在黄土深处？

二、明陵

六月二号的清晨，我们由华洋旅馆出发，坐着马车去游明陵，一路乱石满道，破垣颓壁倾斜路旁，烬余砖瓦堆成小屋，土人聊避风雨。一种凄凉荒芜景象，令人不觉发生一种说不出的悲哀！行了有三里路，就到了朱洪武的故宫，现在改为古物陈列室。里边的东西很多，但莫有什么很珍贵的，有宋本业寺嘉定经幢，冶山明八卦石的说明：

> 朝天宫宋为天庆观之玄妙观，又改永寿宫；明洪武十七年，赐令百额朝贺习仪于此，自杨溥以来即为宫观，此石传有四世。又传冶山之清殿下，为明太祖真葬处，石为青石所刻，在美正学堂在东北角治操场，掘得此石。

方氏荔青轩石刻残石，凤凰台诗碣残石，六朝宫内的禁石础。凤凰台碑记，节录如下：

金陵凤凰台在聚宝门内花冈，南朝宋元嘉中有神爵至，乃置凤凰里，起台于山中……台极壮丽，凭临大江，明初江流徙去，凤去台在，此碑始出土。

此外尚有多种，不暇细看。有明隆庆井床，旧在聚宝门内五贵桥上。鸡鸣寺甘露井石，铜殿遗迹，系粤匪毁殿时所余，重十八斤，佛十七座。明报恩寺塔砖（第八层），高一尺四寸，宽一尺，为苏泥制，上镌佛像多尊。大明通行宝钞铜板。六朝法云寺铜观音像，清瑞云寺古藤狮像，此系神奇如活现，上坐佛极庄严活泼，刻工非常精细，高约四尺余。此外尚有宋朝刀剑数种，梁光宅寺铸名臣铜像。最令人注意的，就是中间所立的方孝孺血迹碑，据云天阴时血迹鲜赤晶莹，有左宗棠书《明靖难忠臣血迹碑记》。在此逗留仅二十分钟，故所得甚少。上述皆当时连看连写，惜未能多留，此团体中旅行之不便处。我出了陈列所的门，她们已都上车，芗蘅仍在车旁等着我。一路青草遍径，田畦皆碧，快到明陵的时候，已看见石人石马倒倾在荒草间，绿树中已能隐约地望着红墙。我们下车走了进去，青石铺地，苍苔满径，两旁苍松古柏，奇特万状。有冶隆唐宋大碑，尚有美、英、日、俄、法、意六国保存明陵碑，中国古迹而让外人保存，亦历史怪事。正殿内有明太祖高皇帝像，下颚突出，两耳垂肩，貌极奇怪，或即所谓帝王像，应如此。入深洞，青石已剥消粉碎，洞尽处，一片倾斜山坡，遍植柏槐。登其上，风声瑟瑟，草虫唧唧，小鸟依然在碧茫中，为数百年的英魂，作哀悼之歌！

三、紫霞洞

循着孝陵的红围墙下，绕至紫金山前，我一个人离了她们，随着个引路

南京明孝陵神道

的牧童走去。在崎岖的山石里，浓绿的树荫下，我常发生一种最神妙幽美的感觉。那草径里时有黄白蝴蝶翩跹其中，我在野草的叶上捉了一个，放在我的笔记本里夹着。我正走着山石的崎岖，厌烦极了，觉着非常干燥，忽然淙淙的流水由山涧中冲出，汇为小溪，清可鉴底，映着五色的小石，异常美丽。我遂在一块石头上洗我的手绢，包了一手绢的小石头。我正要往前走，肖严在后边说："等等我"，她来了，我们俩遂随着牧童去。路经石榴院，遍植榴花，其红如染，落英满地，为此山特别装点，美丽无比。

牧童说："看，快到了！"只见一片青翠山峰，岩如玉屏，晶莹可爱！过石桥，拾级而上，至半山已可望见寺院。犬闻足音，狂吠不已。牧童叱之，遂嘿然去。至紫霞道院，逢一疯道人，是由四川峨眉山游行至此，其言语有令人懂的，有令人百思不解的，其疯与否不能辨，但据牧童说："是不可理，说起话来莫有完"。紫霞道院中有紫云洞，其深邃阴凉，令人神清，有瀑布倒挂，宛然白练，纤尘不染，其清华朗润，沁人心脾！忽有钟声，敲破山中的寂寞，搏动着游子的心弦。飘渺着的白云，也停在青峦，高山流水，兴尽于此。寻旧径，披草莱，回首一望，只见霞光万道随着暮云慢慢地沉下去了。

四、莫愁湖

进了华岩庵，已现着一种清雅风姿，游人甚多，且富雅士。楼阁虽平列无奇，但英雄事业，美人香草，在湖中图画，莲池风景内，常映着此种秀媚雄伟，令人感慨靡已！

登胜棋楼，有徐中山王的像，两旁的对联好的很多：

英雄有将相才，浩气钟两朝，可泣可歌，此身合书凌云阁；

美人无脂粉态，湖光鉴千顷，绘声绘影，斯楼不减郁金香。

胜棋楼坐落在南京莫愁湖畔，始建于明洪武初年，重修于清同治十年（1871年）。楼为二层五开间建筑，刻工精美，正门中堂有棋桌，相传这里是明太祖朱元璋与大将徐达弈棋的地方。至今“胜棋楼”内还挂有徐达的肖像。

风景宛当年，淮月同流商女恨；
英雄淘不尽，湖云长为美人留。

六代莺华，并作王侯清净地；
一湖烟水，荡开儿女古今愁。

同惠和又进到西院，四围楼阁，中凿莲池，但已非琼楼绮阁，状极荒凉，有亭额曰“荷花生日”。两旁的对联是：

时局类残棋，羡他草昧英雄，大地山河赢一著；
佳名传轶乘，对此荷花秋水，美人心迹更双清。

对面有楼不高而敞，额曰“月到风来”，惜隔莲池，对联未能看清楚。再上为曾公阁，横额为“江天小阁坐人豪”，中悬曾文正公遗像一幅，对联为：

玳梁燕空，玉座苔移，千古永留凭吊处；
天际遥青，城头浓翠，一樽来坐画图间。

凭窗一望，镜水平铺，荷花映日，远山含翠，荫木如森，真的古往今来，英雄美人能有几何？而更能香迹遗千古，事业安天下，则英雄美人今虽泥灭躯壳，但苟有足令人回忆的，仍然可以在宇宙中永存。余友幼秋常羡慕英雄美人，但未知英雄常困草昧，美人罕遇知音，同为天涯憾事！质之幼秋，以为如何？

壁间有联，如：

莫愁湖公园

红藕花开，打桨人犹夸粉黛；

朱门草没，登楼我自吊英雄。

撼江上石头，抵不住迁流尘梦，柳枝何处，桃叶无踪，转羡他名将美人，燕息能留千古迹；

问湖边月色，照过了多少年华，玉树歌余，金莲舞后，收拾这残山剩水，莺花犹是六朝春。

江山再动，收拾残局，好凭湖影花光，净洗余氛见休壑；

楼阁周遮，低徊灵迹，中有美人名将，平分片席到烟波。

莫愁小像，悬徐中山王像后凭湖的楼上，轻盈妙年，俨然国色，眉黛间隐有余恨，旁有联为：

湖水纵无秋，狂客未妨浇竹叶；

美人不知处，化身犹自现莲花。

因尚有雨花台未游，故未能细睹湖光花影，殊为长恨。莫愁俗人，或以为楼阁平淡，荷池无奇，湖光山色，亦不能独擅胜概。但仁者见仁，智者见智，胸有怀抱的人登临，则大可作毕生逗留！湖光花影，血泪染江山半片；琼楼绮阁，又何莫非昙花空梦！据古证今，则此雪泥鸿爪草草游踪，安知不为后人所凭吊云。

未游秦淮河，未登清凉山。雨花台草厅数间，沙土小石，堆集成丘，除带回几粒晶洁美颜的石子外，其余金田战绩，本同胞相残，无甚可叙，省着点笔墨，去奉敬我渴望如醉的西湖罢！

上海风情

雪

文 / 王鲁彦

美丽的雪花飞舞起来了。我已经有三年不曾见着它。

去年在福建，仿佛比现在更迟一点，也曾见过雪。但那是远处山顶的积雪，可不是飞舞着的雪花。在平原上，它只是偶然的随着雨点洒下来几颗，没有落到地面的时候。它的颜色是灰的，不是白色；它的重量像是雨点，并不会飞舞。一到地面，它立刻融成了水，没有痕迹，也未尝跳跃，也未尝发出窸窣的声音，像江浙一带下雪子时的模样。这样的雪，在四十年来第一次看见它的老年的福建人，诚然能感到特别的意味，谈得津津有味，但在我，却总觉得索然。“福建下过雪”，我可没有这样想过。

我喜欢眼前飞舞着的上海的雪花。它才是“雪白”的白色，也才是花一样的美丽。它好像比空气还轻，并不从半空里落下来，而是被空气从地面卷起来的。然而它又像是活的生物，像夏天黄昏时候的成群的蚊蚋，像春天流蜜时期的蜜蜂，它的忙碌的飞翔，或上或下，或快或慢，或粘着人身，或拥人窗隙，仿佛自有它自己的意志和目的。它静默无声。但在它飞舞的时候，我们似乎听见了千百万人马的呼号和脚步声，大海的汹涌的波涛声，森林的狂吼声，有时又似乎听见了情人的窃窃的密语声，礼拜堂的平静的晚祷声，花园里的欢乐的鸟歌声……它所带来的是阴沉与严寒。但在它的飞舞的姿态中，我们看见了慈善的母亲，柔和的情人，活泼的孩子，微笑的花，温暖的太阳，静默的晚霞……它没有气息。但当它扑到我们面上的时候，我们似乎闻到了旷野间鲜洁的空气的气息，山谷中幽雅的兰花的气息，花园里浓郁的玫瑰的气息，清淡的茉莉花的气息……在白天，它做出千百种婀娜的姿态；夜间，它发出银色的光辉，照耀着我们行路的人，又在我们的玻璃窗上札札地绘就了各式各样的花卉和树木，斜的，直的，弯的，倒的。还有那河流，那天上的云……

现在，美丽的雪花飞舞了。我喜欢，我已经有三年不曾见着它。我的喜欢有如四十年来第一次看见它的老年的福建人。但是，和老年的福建人一样，我回想着过去下雪时候的生活，现在的喜悦就像这钻进窗隙落到我桌上的雪花似的，渐渐融化，而且立刻消失了。

记得某年在北京的一个朋友的寓所里，围着火炉，煮着全中国最好的白菜和面，喝着酒，剥着花生，谈笑得几乎忘记了身在异乡；吃得满面通红，两个人一路唱着，一路踏着吱吱地叫着的雪，踉跄地从东长安街的起头踱到西长安街的尽头，又忘记了正是异乡最寒冷的时候。这样的生活，和今天的一比，不禁使我感到惆然。上海的朋友们都像走工厂里的机器，忙碌得一刻没有休息；而在下雪的今天，他们又叫我一个人看守着永不会有人或电话来访问的房子。这是多么孤单、寂寞，乏味的生活。

“没有意思！”我听见过去的我对今天的我这样说了。正像我在福建的时候，对四十年来第一次看见雪的老年的福建人所说的一样。

但是，另一个我出现了。他是足以对看过去的北京的我射出骄傲的眼光来的我。这个我，某年在南京下雪的时候，曾经有过更快活的生活：雪落得很厚，盖住了一切的田野和道路。我和我的爱人在一片荒野中走着。我们辨别不出路径来，也并没有终止的目的。我们只让我们的脚欢喜怎样就怎样。我们的脚常常欢喜踏在最深的沟里。我们未尝感到这是旷野，这是下雪的时节。我们仿佛是在花园里，路是平坦的，而且是柔软的。我们未尝觉得一点寒冷，因为我们的心是热的。

“没有意思！”我听见在南京的我对在北京的我这样说了。正像在北京的我对着今天的我所说的一样，也正像在福建的我对着四十年来第一次看见雪的老年的福建人所说的一样。

然而，我还有一个更可骄傲的我在呢。这个我，是有过更快乐的生活的，在故乡：冬天的早晨，当我从被窝里伸出头来，感觉到特别的寒冷，隔着蚊帐望见天窗特别的阴暗，我就首先知道外面下了雪了。“雪落啦白洋洋，老虎拖娘娘……”这是我躺在被窝里反复地唱着的欢迎雪的歌。别的早晨，照例是母亲和姊姊先起床，等她们煮熟了饭，拿了火炉来，代我烘暖了衣裤鞋袜，才肯钻出被窝，但是在下雪天，我就有了最大的勇气。我不需要火炉，雪就是我的火炉。我把它捻成了团，捧着，丢着。我把它堆成了一个和尚，在它的口里，插上一支香烟。我把它当做糖，放在口里。地上厚的积雪，是我的地毯，我在它上面打着滚，翻着筋斗。它在我的底下发出嗤嗤的笑声，我在它上面哈哈的回答着。我的心是和它合一的。我和它一样的柔和，和它一样的洁白。我同它到处跳跃，我同它到处飞跑着。我站在屋外，我愿意它把我造成一个雪和尚，我躺在地上愿意它像母亲似的在我身上盖下柔软的美丽的被窝。我愿意随着它在空中飞舞。我愿意随着它落在人的肩上。我愿意雪就是我，我就是雪。我年青。我有勇气。我有最宝贵的生命的力。我不知道忧虑，不知道苦恼和悲哀……

“没有意思！你这老年人！”我听见幼年的我对着过去的那些我这样说了。正如过去的那些我骄傲地对别个所说的一样。

不错，一切的雪天的生活和幼年的雪天的生活一比，过去和现在的喜悦是像这

豫园雪景

钻进窗隙落到我桌上的雪花一样，渐渐融化，而且立刻消失了。

然而对着这时穿着一袭破单衣，站在屋角里发抖的或竟至于僵死在雪地上的穷人，则我的幼年时候快乐的雪天生活的意义，又如何呢？这个他对着这个我，不也在说着“没有意思！”的话吗？

而这个死有完肤的他，对着这时正在零度以下的长城下，捧着冻结了的机关枪，即将被炮弹打成雪片似的兵士，则其意义又将怎样呢？“没有意思！”这句话，该是谁说呢？

天呵，我不能再想了。人间的欢乐无平衡，人间的苦恼亦无边限。世界无终极之点，人类亦无末日之时。我既生为今日的我，为什么要追求或留念今日的我以外的我呢？今日的我虽说是寂寞地孤单地看守着永没有人或电话来访问的房子，但既可以安逸地躲在房子里烤着火，避免风雪的寒冷；又可以隔着玻璃，诗人一般的静默地鉴赏着雪花飞舞的美的世界，不也是足以自满的吗？

抓住现实。只有现实是最宝贵的。

眼前雪花飞舞着的世界，就是最现实的现实。

看呵！美丽的雪花在飞舞着呢。这就是我三年来相思着而不能见到的雪花。

途中

文 / 梁遇春

今天是个潇洒的秋天，飘着零雨，我坐在电车里，看到沿途店里的伙计们差不多都是懒洋洋地在那里谈天，看报，喝茶——喝茶的尤其多，因为今天实在有点冷起来了。还有些只是倚着柜头，望望天色。总之纷纷扰扰的十里洋场顿然现出闲暇悠然的气概，高楼大厦的商店好像都化做三间两舍的隐庐，里面那班平常替老板挣钱，向主顾陪笑的伙计们也居然感到了生活余裕的乐处，正在拉闲扯散地过日，仿佛全是古之隐君子了。路上的行人也只是稀稀的几个，连坐在电车里面上银行去办事的洋鬼子们也燃着烟斗，无聊赖地看报上的广告，平时的燥气全消，这大概是那件雨衣的效力罢！到了北站，换上去西乡的公共汽车，雨中的秋之田野是别有一种风味的。外面的濛濛细雨是看不见的，看得见的只是车窗上不断地来临的小雨点，同河面上错杂得可喜的纤纤雨脚。此外还有粉般的小雨点从破了的玻璃窗进来，栖止在我的脸上。我虽然有些寒战，但是受了雨水的洗礼，精神变成格外地清醒。已撄世网，醉生梦死久矣的我真不容易有这么清醒，这么气爽。再看外面的景色，既没有像春天那娇艳得

老上海大街上的香皂广告

使人们感到它的不能久留，也不像冬天那样树枯草死，好似世界是快毁灭了，却只是静默默地，一层轻轻的雨雾若隐若现地盖着，把大地美化了许多，我不禁微吟着乡前辈姜白石的诗句，真是“人生难得秋前雨”。忽然想到今天早上她皱着眉头说道：“这样凄风苦雨的天气，你也得跑那么远的路程，这真可厌呀！”我暗暗地微笑。她哪里晓得我正在凭窗赏玩沿途的风光呢？她或者以为我现在必定是哭丧着脸，像个到刑场的死囚，万不会想到我正流连着这叶尚未调，草已添黄的秋景。同情是难得的，就是错误的同情也是无妨，所以我就让她老是这样可怜着我的仆仆风尘罢；并且有时我有什么逆意的事情，脸上露出不豫的颜色，可以借路中的辛苦来遮掩，免得她一再追究，最后说出真话，使她平添了无数的愁绪。

其实我是个最喜欢在十丈红尘里奔走道路的人。我现在每天在路上的时间差不多总在两点钟以上，这是已经有好几月了，我却一点也不生厌，天天走上电车，老是好像开始蜜月旅行一样。电车上和道路上的人们彼此多半是不相识的，所以大家都不大拿出假面孔来，比不得讲堂里，宴会上，衙门里的人们那样彼此拼命地一味敷衍。公园，影戏院，游戏场，馆子里面的来客个个都是眉花眼笑的，最少也装出那么样子，墓地，法庭，医院，药店的主顾全是眉头皱了几十纹的，这两下都未免太单调了，使我们感到人世的平庸无味。车子里面和路上的人们却具有万般色相，你坐在车里，可要你睁大眼睛不停地观察了三十分钟，你差不多可以在所见的人们脸上看出人世一切的苦乐感觉同人心的种种情调。你坐在位子上默默地鉴赏，同车的客人们老实地让你从他们的形色举止上去推测他们的生平同当下的心境，外面的行人一一现你眼前，你尽可恣意瞧着，他们并不会晓得，而且他们是这么不断地接连走过，你很可以拿他们来彼此比较，这种普通人的行列的确是比什么赛会都有趣得多，路上源源不绝的行人可说是上帝设计的赛会，当然胜过了我们佳节时红红绿绿的玩意儿了。并且在路途中我们的心境是最宜于静观的，最能吸收外界的刺激的。我们通常总是有事干，正经事也好，歪事也好，我们的注意免不了特别集中在一点上，只有路途中，尤其走熟了的长路，在未到目的地以前，我们的方寸是悠然的，不专注于一物，却是无所不留神的，在匆匆忙忙的一生里，我们此时才得好好地看一看人生的真况。所以无论从那一方面说起，途中是认识人生最方便的地方。车中，船上同人行道可说是人生博览会的三张入场券，可惜许多人把它们当做废纸，空走了一生的路。我们有一句古话：“读万卷书，行万里路。”所谓行万里路自然是指走遍名山大川，通部大邑，但是我觉换一个解释也是可以。一条的路你来往走了几万遍，凑成了万里这个数目，只要你真用了你的眼睛，你就可以算是懂得人生的人了。俗语说道：“秀才不出门，能知天下事。”我们不幸未得入泮，只好多走些路，来见见世面罢！对于人生有了清澈的观照，世上的荣辱祸福不足以扰乱内心的恬静，我们的心灵因此可以获到永久的自由，可见个个的路都是到自由的路，并不限于罗素先生所钦定的：所怕的就是面壁参禅，目不窥路的人们，他们自甘沦落，不肯上路，的确是无法可办。读书是间接地去了解人生，走路是直接地去了解人生，一落言诠，便非真谛，所以我觉得万卷书可以搁开不念，万里路非放步走去不可。

了解自然，便是非走路不可。但是我觉得有意的旅行倒不如通常的走路那样能与自然更见亲密。旅行的人们心中只惦着他的目的地，精神是紧张的。实在不宜于裕然地接受自然的美景。并且天下的风光是活的，并不拘泥于一谷一溪，一洞一岩，旅行的人们所看的却多半是这些名闻四海的死景，人人莫名其妙地照例赞美的胜地。旅行的人们也只得依样葫芦一番，做了万古不移的传统的奴隶。这又何苦呢？并且只有自己发现出的美景对着我们才会有贴心的亲切感觉，才会感动了整个心灵，而这些好景却大抵是得之偶然的，绝不能强求。所以有时因公外出，在火车中所瞥见的田舍风光会深印在我们的心坎里，而花了盘川，告了病假去赏玩的名胜倒只是如烟如雾地浮动在记忆的海里。今年的春天同秋天，我都去了一趟杭州，每天不是坐在划子里听着舟子的调度，就是跑山，恭敬地聆着车夫的命令，一本薄薄的指南隐隐地含有无上的威权，等到把所谓胜景一一领略过了，重上火车，我的心好似去了重担。当我再继续过着我通常的机械生活，天天自由地东瞧西看，再也不怕受了舟子，车夫，游侣的责备，再也没有什么应该非看不可的东西，我真快乐得几乎发狂。西泠的景色自然是渐渐消失得无影无迹，可惜消失得太慢，起先还做了我几个噩梦的背境。当我梦到无私的车夫，带我走着崎岖难行的宝石山或者光滑不能住足的往龙井的石路，不管我怎样求免，总是要迫我去看烟霞洞的烟霞同龙井的龙角。谢谢上帝，西湖已经不再浮现在我的梦中了。而我生平所最赏心的许多美景是从到西乡的公共汽车的玻璃窗得来的。我坐在车里，任它一上一下，一左一右地跳荡，看着老看不完的十八世纪长篇小说，有时闭着书随便望一望外面天气，忽然觉得青翠迎人，遍地散着香花，晴天现出不可描摹的蓝色。我顿然感到春天已到大地，这时我真是神魂飞在九霄云外了。再去细看一下，好景早已过去，剩下的是闸北污秽的街道，明天再走到原地，一切虽然仍旧，总觉得有所不足，与昨天是不同的，于是乎那天的景色永留在我的心里。甜蜜的东西看得太久了也会厌烦，真真的好景都该这样一瞬即逝，永不重来。婚姻制度的最大毛病也就是在于日夕聚首：将一切好处都因为太熟而化成坏处了。此外在热狂的夏天，风雪载途的冬季我也常常出乎意料地获到不可名言的妙境，滋润着我的心田。会心不远，真是陆放翁所谓的“何处楼台无月明”。自己培养有一个易感的心境，那么走路的确是了解自然的捷径。

“行”不单是可以使我们清澈地了解人生同自然，它自身又是带有诗意的，最浪漫不过的。雨雪霏霏，杨柳依依，这些境界只有行人才有福享受的。许多奇情逸事也都是靠着几个人的漫游而产生的。《西游记》，《镜花缘》，《老残游记》，Cervantes（塞万提斯，西班牙小说家）的《吉诃德先生》（*Don Quixote*），Swift（斯威夫特，英国文学家）的《海外轩渠录》（*Gulliver's travels*），Bunyan（班扬，英国作家）的《天路历程》（*Pi1grim's Progress*），

杭州西泠印社

西泠印社创立于清光绪三十年（1904），是我国现存历史最悠久的文人社团，也是海内外成立最早的金石篆刻专业学术团体。西泠印社社址坐落于浙江省杭州市西湖景区孤山西麓，南至白堤，西近西泠桥，北邻里西湖，

Cowper（科伯，英国诗人）的《痴汉骑马歌》（*John Gi1pin*），Dickens（狄更斯）的《匹克威克外传》（*Pickwick Papers*），Byron（拜伦，英国诗人）的《恰尔德·哈罗德游记》（*Childe Harold's Pilgrimage*），Fielding（菲尔丁，英国小说家）的《约瑟夫·安德鲁传》（*Joseph Andrews*），Gogol（果戈里）的《死灵魂》（*Dead Sou1s*）等不可一世的杰作没有一个不是以“行”为骨子的，所说的全是途中的一切，我觉得文学的浪漫题材在爱情以外，就要数到“行”了。陆放翁是个豪爽不羁的诗人，而他最出色的杰作却是那些纪行的七言。我们随便抄下两首，来代我们说出“行”的浪漫性罢！

剑南道中遇微雨

衣上征尘杂酒痕，
远游无处不销魂。
此身合是诗人未，
细雨骑驴入剑门。

南定搂遇急雨

行遍梁州到益州，今年又作度沪游。
江山重复争供眼，风雨纵横乱入楼。
人语朱离逢峒獠，棹歌欸乃下吴州。
天涯住稳归心懒，登览茫然却欲愁。

因为“行”是这么会勾起含有诗意的情绪的，所以我们从“行”可以得到极愉快的精神快乐，因此“行”是解闷销愁的最好法子，将濒自杀的失恋人常常能够从漫游得到安慰，我们有时心境染了凄迷的色调，散步一下，也可以解去不少的忧愁。Haw thorne（霍桑，美国作家）同Edgar Allan Poe（爱伦·坡，美国作家）最爱描状一个心里感到空虚的悲哀的人不停地在城里的各条街道上回复地走了又走，以冀对于心灵的饥饿能够暂时忘却。Dostoievsky（陀思妥耶夫斯基）的《罪与罚》里面的Baskolnikov犯了杀人罪之后，也是无目的到处乱走，仿佛走了一下，会减轻了他心中的重压。甚至于有些人对于“行”具有绝大的趣味，把别的趣味一齐压下了，Stevenson（斯蒂文生，英国小说家）的《流浪汉之歌》就表现出这样的一个人物，他在最后一段里说道：“财富我不要，希望，爱情，知己的朋友，我也不要；我所要的只是上面的青天同脚下的道路。”

Wealth I ask not, hope nor love,
Nor a friend to know me;
All I ask, the heaven above
And the road below me.

Walt Whitman （惠特曼，美国诗人）也是一个歌颂行路的诗人，他的《大路之歌》真是“行”的绝妙赞美诗，我就引他开头的雄浑诗句来做这段的结束罢!

Afoot and light-hearted to the open road,
Healthy, free, the world before me,
The long brown path before me leading wherever I choose.

成都陆游雕塑

我们从摇篮到坟墓也不过是一条道路，当我们正寝以前，我们可说是老在途中。途中自然有许多的苦辛，然而四围的风光和同路的旅人都是极有趣的，值得我们跋涉这程路来细细鉴赏，除开这条悠长的道路外，我们并没有别的目的地，走完了这段征程，我们也走出了这个世界，重回到起点的地方了。科学家说我们就归于毁灭了，再也不能重走上这段路途。主张灵魂不灭的人们以为来日方长，这条路我们还能够一再重走了几千万遍。将来的事，谁去管它，也许这条路有一天也归于毁灭。我们还是今天有路今天走罢，最要紧的是不要闭着眼睛，朦胧一生，始终没有看到了世界。

春雨

文 / 梁遇春

整天的春雨，接着是整天的春阴，这真是世上最愉快的事情了。我向来厌恶晴朗的日子，尤其是骄阳的春天；在这个悲惨的地球上忽然来了这么一个欣欢的气象，简直像无聊赖的主人宴饮生客时拿出来的那副古怪笑脸，完全显出宇宙里的白痴成分。在所谓大好的春光之下，人们都到公园大街或者名胜地方去招摇过市，像猩猩那样嘻嘻笑着，真是得意忘形，弄到变成为四不像了。可是阴霾四布或者急雨滂沱的时候，就是最沾沾自喜的财主也会感到苦闷，因此也略带了一些人的气味，不像好天气时候那样望着阳光，盛气凌人地大踏步走着，颇有上帝在上，我得其所的意思。至于懂得人世哀怨的人们，黯淡的日子可说是他们唯一光荣的时光。苍穹替他们流泪，乌云替他们皱眉，他们觉到四围都是同情的空气，仿佛一个堕落的女子躺在母亲怀中，看见慈母一滴滴的热泪溅到自己的泪痕，真是润遍了枯萎的心田。斗室中默坐着，忆念十载相违的密友，已经走去的情人，想起生平种种的坎坷，一身经历的苦楚，倾听窗外檐前凄清的滴沥，仰观波涛浪涌，似无止期的雨云，这时一切的荆棘都化做洁净的白莲花了，好比中古时代那班圣者被残杀后所显的神迹。“最难风雨故人来”，阴森森的天气使我们更感到人世温情的可爱，替从苦雨凄风中来的朋友倒上一杯热茶时候，我们很有放下屠刀、立地成佛的心境。“风雨如晦，鸡鸣不已”，人类真是只有从悲哀里滚出来才能得到解脱，千锤百炼，腰间才有这一把明晃晃的钢刀，“今日把似君，谁为不平事。”“山雨欲来风满楼”，这很可以象征我们孑立人间，尝尽辛酸，远望来日大难的气概，真好像思乡的客子拍着阑干，看到郭外的牛羊，想起故里的田园，怀念着宿草新坟里当年的竹马之交，泪眼里仿佛模糊辨出龙钟的父老蹒跚走着，或者只瞧见几根靠在破壁上的拐杖的影子。所谓生活术恐怕就在于怎么样当这么一个临风的征人罢。无论是风雨横来，无论是澄江一练，始终好像惦记着一个花一般的家乡，那可说就是生平理想的结晶，蕴在心头的诗情，也就是明哲保身的最后壁垒了；可是同时还能够认清眼底的江山，把住自己的步骤，不管这个异地的人们是多么残酷，不管这个他乡的水土是多么不惯，却能够清瘦地站着，戛戛然好似狂风中的老树。能够忍受，却没有麻木，能够多情，却不流于感伤，仿佛楼前的春雨，悄悄下着，遮住耀目的阳光，却滋润了百草同千花。檐前的燕子躲在巢中，对着如丝如梦的细雨呢喃，真有点像也向我道出此中的消息。

可是春雨有时也凶猛得可以，风驰电掣，从高山倾泻下来也似的，万紫千红，都付诸流水，看起来好像是煞风景的，也许是那有怀抱罢。生平性急，一二知交常常焦急万分地苦口劝我，可是暗室扪心，自信绝不是追逐事功的人，不过对于纷纷扰扰的劳生却常感到厌倦，所谓性急无非是疲累的反响罢。有时我却极有耐心，好像废殿上的玻璃瓦，一任他风吹雨打，霜蚀日晒，总是那样子痴痴地望着空旷的青天。我又好像能够在没字碑面前坐下，慢慢地去冥想这块石板的深意，简直是个蒲团已碎、呆然趺坐着的老僧，想赶快将世事了结，可以抽身到紫竹林中去逍遥，把世事撇在一边，大隐隐于市，就站在热闹场中来仰观天上的白云，这两种心境原来是不相矛盾的。我虽然还没有，而且

雨水中的郁金香

绝不会跳出入海的波澜，但是拳拳之意自己也略知一二，大概摆动于焦躁与倦怠之间，总以无可奈何天为中心罢。所以我虽然爱濛濛胧胧的细雨，我也爱大刀阔斧的急雨，纷至沓来，洗去阳光，同时也洗去云雾，使我们想起也许此后永无风恬日美的光阴了，也许老是一阵一阵的暴雨，将人世哀乐的踪迹都漂到大海里去，白浪一翻，什么渣滓也看不出了。焦躁同倦怠的心境在此都得到涅槃的妙悟，整个世界就像客走后，撇下筵席洗得顶干净，排在厨房架子上的杯盘当个主妇的创造主看着大概也会微笑罢，觉得一天的工作总算告终了。最少我常常臆想这个还了本来面目的大地。

可是最妙的境界恐怕是尺犊里面那句烂调，所谓"春雨缠绵"罢。一连下了十几天的霉雨，好像再也不会晴了，可是时时刻刻都有晴朗的可能。有时天上现出一大片的澄蓝，雨脚也慢慢收束了，忽然间又重新点滴凄清起来，那种捉摸不到、万分别扭的神情真可以做这个哑谜一般的人生的象征。记得十几年前每当连朝春雨的时候，常常剪纸作和尚形状，把他倒贴在水缸旁边，意思是叫老天不要再下雨了，虽然看到院子里雨脚下一粒一粒新生的水泡我总觉到无限的欣欢，尤其当急急走过檐前，脖子上溅几滴雨水的时候。可是那时我对于春雨的情趣是不知不觉之间领略到的，并没有凝神去寻找，等到知道怎么样去欣赏恬适的雨声时候，我却老在干燥的此地做客，单是夏天回去，看看无聊的骤雨，过一过雨瘾罢了。因此"小楼一夜听春雨"的快乐当面错过，从我指尖上滑走了，盛年时候好梦无多，到现在彩云已散，一片白茫茫，生活不着边际，如堕云里雾中，对于春雨的怅惘只好算做内中的一小节罢，可是仿佛这一点很可以代表我整个的悲哀情绪。但是我始终喜欢冥想春雨，也许因为我对于自己的愁绪很有顾惜爱抚的意思；我常常把陶诗改过来，向自己说道："衣沾不足惜，但愿恨无违。"我会爱凝恨也似的缠绵春雨，大概也因为自己有这种心境罢。

一瞥中的上海

文／石评梅

六月十号的早晨，我们坐了船到“三潭印月”照一个全体像，作为此次旅行团的纪念，藉此又和西湖把晤了一小时。返旅馆后收拾东西，用午餐已十一时；餐后乘车到车站。武高的同学，恰巧也是同天到上海，我们遂挂了一辆车。在车里很愉快地谈天，惠和给我口述《红泪影》的始末，永叔听着津津有味，遂同金环借了去看。当时车里静寂了许久。我闲着无聊得很，遂蜷伏在车上睡去，想想西湖的影片，验验我的脑海里印了许多？这样很模糊地睡去，到了下午四时，芗蘅才喊我起来，同到车外的扶栏上看风景。这样遂把时间慢慢地挨延过去。下午七时到上海，寄宿在女青年会；已有家事工组的同学王郑两君接我们去。女青年会很方便，并且招待的也好，有一个小姑娘服侍我们；我们的生活也就稍为因地方变更了一点。

上海的天气热极，十一号的上午，商务印书馆的招待黄警顽先生已来领导我们去参观上海的学校。我们因为上海的体育学校比较多；所以我们参观的学校，居多是体育学校。第一个就是中国女子体育学校，距离昆山路很远，在西门林荫路精武体育会内；是个私立学校，在光绪三十四年秋季开办，统计先后共毕业十三次。凡高小毕业就可投考，是个中等程度的性质。所授科目分学、术两部分，就是理论和技术两部分；并余外注重音学，修业年限是二年毕业，经费一学期两千多（自费收入），支出约三千；教员共十三位，女教员五位，舞蹈三人，体操两人。现学生共四十名，分两班教授；我们去参观的时候正上英文，课堂在楼上，拿布屏分作两间；现在校舍正在建筑，此系暂时借住，故一切甚杂乱无章。操场、网球场都是同精武会共用，有拿竹子作下的盾阵，中心为小亭；这也是中国国技的一门。

参观完中国女子体操学校以后，我们就到体育师范参观去；因考试温课，故不能参观上课。这是个比较很有名的学校，我们耳鼓里常听见人说，所以我们特别注意。设备的器械，同女高同；尚有窗梯水平杠等没有；体育房比较女高宽而短，木板刊地较为合适。有两班学生四十余人，课程亦分理论和技术，性质是中等程度，毕业期限从前是二年，现亦改为三年。外国学校，比较特别清洁，而校舍四围的风景特别美丽。校园中网球场，碧草平铺，如绒毡然。树木荫森，风景甚佳，有小水池，金鱼数头，游泳其中。

沪江女子体育专门学校，在上海西门唐家湾小菜场南首，地址甚小，大概可以够住；性质系高等专门，以中学毕业者为合格，期限是二年毕业，一年分两学期；现分一年级二年级，每级共四十名，每年春秋二季，各招生一次。科目亦分理论同技术。开办尚未及半年，今年正月才开课，现仅有学生二十四人，经费每月两千元。章程上的预定，皆按学期实行；教员选择亦甚严格，均富有学识及经验者。据主事孙和宾云，办体育学校在上海很困难，同行的阻力和妒忌很厉害，所以他日日都是在奋斗之中勉力！学生上课无论技术、理论都一律着操衣，雄赳赳地很有点气概。参观国文上古诗。壁上遍挂矫正姿势的基本体操图。参观器械室，仅几种简单的轻器械，饭厅同栉沐室在一块，尚属清洁。操场在学校对面，拿竹席把上面左右四周都遮起来，非常清凉，系租借民地用的。孙和宾先生令他

1918年上海开通的电车

上海城垣，建于嘉靖三十二年（1553）

们的学生，表演二十分钟的舞蹈给我们看：二年级是“雁舞”、“黄莺舞”；一年级表演“蝴蝶舞”同“形意舞”，成绩很好。苟此校能抱着他那最完善的宗旨继续下去，即体育人才将来产出，必较他处为佳。

中华武术会附设体育师范同公共运动场，此外尚有妇孺运动会，无可述者。遂至务本女学参观，学生共五百余，中学四班，高小四班，小学四班；职教员，中学十七人，女十二人，小学九人，女教员十五人。经费，中学七七三〇，小学五六三七。地址很大，系女校长。参观体育教授，教员姿态太软，宜于教舞蹈，不宜教体操；教师姿势太快，不能正确，故学生之姿势大半无一个正确的，下肢运动太多，胸腹两部分无运动，故学生多为狭胸弓背，腹部挺出。中学学生，看去像高等小学的学生，成绩既佳，且甚活泼；画画尤以桐乡严蔚然女士为最佳！校园亦很别致巧小；在此用午餐后，遂到第二师范去参观。

第二师范学校，我们先到的是卫生模型展览会，中有花柳病的全体模型，脑充血之各种模型，设备很完全。学生共三百二十，中有女生十人。学级编制一部五班，中有预科一班，二部一班。常年经费连小学四万余。课堂同实验室相连。本二上国语，系北高毕业生教授，端坐在椅上，拿北京话谈故事，听起来和他的神气很像游艺园说大鼓书的。体育馆刚竣工，尚未布置好，共分楼上下两层。学生精神活泼，对于体育甚有兴味研究，所以能产出王庚君之富于研究体、音（者），而在体育界将来必大有贡献！其所著小学体育教授法规现正在付印中。

美术专门学校。为武进刘海粟先生创办，民国元年起至今已二十年，校址共分三院：第一院西门白云观，二院西门林荫路口，三院上海林荫路底。分西洋画科，高等师范科，中国画科，雕塑科，工艺图案科。西洋画科修业期四年，初级师范为二年，其余都是三年。学生二百八十六人，十年度经费为五万二千元。学生课外研究有各种集会，如书学研究会，乐学研究会，工艺美术研究会，文学研究会，画学研究会，舞蹈研究会，讲演会等。我们参观裸体写生，是从外边雇的女子，每月二十元的酬金。补习教育有函授学校，系美术附设。

在上海除参观学校外，蒙黄警顽先生导领参观商务印书馆，他的组织是股份有限公司，现已二十余年，资本金五百万元。分印刷所、编辑所、发行所三大机关，每所又设有所长，总理一切事务。我们到印刷所，在招待室略稍息用茶后，遂参观各处，规模很大，占地约七十余亩，布置极为完备，有印刷工场四，铁工厂，铸工场，各种制造工厂十余处，均系极大之厂屋。各种制造工场十余处，水塔一座，可常储二万加仑之清水。女工哺乳室专为女工有小儿哺乳之用；此外尚有花园同聚院，亦清洁而幽雅。自制机器陈列室，陈列机器各种，皆该所自制品。印刷所工友计男子二千五百余人，女子五百余人，此外零件杂工复不下千余人；尚另联有高等技师，及专门学者。并附设有尚公学校，及养真幼稚园，商业补习学校，毕业后可在本公司服务。因时间关系，仅参观大概而已。

上海地方繁华嚣乱，简直一片闹声的沙漠罢了！所以我除了参观了几个学校和买一点东西外，我就在女青年会伏着看书。我半分的留恋都莫有，对于这闹声的沙漠。

我好容易盼到是今天下午上船去——六月十五号。我觉着异常的高兴，宛如我去西湖一样。下午乘着小船渡到黄浦江，因为颖州船在浦东停着。这船是明天清晨才开往青岛去，所以今天晚上还是住在船上；我们包了一个舱，比较的还减轻点痛苦。热气腾沸，煤炭铺满了甲板，令人感着种说不出的感觉来。我和芗蘅住了一间房舱，把行李收拾后，遂把那圆形的窗打开，让换换这清鲜空气。我们遂锁了门，到甲板上换空气；看小船都在那风浪中挣着进行，我们看见险极了！望黄浦江岸上的灯光辉煌，像缀了一列的夜光珠。江上帆船、海船都一列的排着，红灯绿灯在波光中闪烁着，映出一道光路，照在我的眼帘内。现时暮色苍茫，包围着黑暗之神临到。我觉着很怅惘，遂回到我那六尺长四尺宽的官舱内寻那飘泊的梦去。

1949年5月，上海逃难者挤在一艘将驶向宁波的美国海军货船上

老上海的黄包车

鞋帽店前缝衣服的老太太

1947年，上海弄堂里的小姑娘

今日（十六日）我从迷惘的梦中醒来，从那圆窗中望去，白烟氤氲，雾气沉沉，把一片黄浦江，撑了一支白罗的幕帐，一切的船只都锁在那白雾中间。我梳洗后到甲板上去看看，只见一提提的黑煤由浦东往船上挑，黑脸黑手的苦工可怜极！那时西北角涌来一阵阵的黑云都阴沉沉底陷在最沉闷的幕下！果然没一刻，倾盆的大雨下起来！把甲板上煤冲了个干净。待了一会，我回到房舱去躺着，但无聊极了，只好把《小说月报》拿出来看看；听着窗外雨声淅沥，杂着各种噪音，一阵阵都送入我耳鼓。

十二时，船慢慢地开驶了！遂到甲板上望着吴淞，乘风破浪地向目的地进行去。下午六时已入海，稍觉簸荡，尚不十分的痛苦，一埋首我又回到睡乡找生涯去。晚上一点钟的时候，我醒来睁开眼，开了房舱都静静地在觅香甜的梦哩；惨淡的电灯（光）印在我的脸上，耳中只听到船走的声音，我脑筋非常的清楚，清醒。夜寒了。我加了一层毡子盖上，闭着眼凝神地静养着。我忽然想到我毕业后，也一样同在这大海里的波浪危险一样。神秘的人生啊！将奈何？我负着这莫大的恐惧，去敲那社会的门呵……

十七号早晨，梳洗后我出了舱门，一望水天相接，青翠的海水，激着白色的浪花，荡着鱼鳞般的波纹，这是何等的伟大美丽啊？俄而太阳出来，映着碧波，幻出万道银光，直射入我的眼帘。波涛滚滚，破浪直进。我遂把日记本拿到甲板上写着。我同惠和又谈到北京的妹情形，她非常的焦忧！俄而孝颜来叫我回到房舱去吃饼干去。用午餐后睡得二小时，醒来时只见芗蘅同慧文下棋。下午起大雾，船行甚慢；我不觉地发生了无数感慨！晚十二时船停多时，因雾大，不能前进的缘故；同学都头晕呕吐，我同芗蘅倒非常舒适。

十八号，早晨，向海上一望，白雾漫漫，船仍不能开驶，同学大半皆面黄肌瘦，状态极其狼狈。海中浪花翻激，有水母游泳其中。十二时已抵青岛，风景殊佳；下船时大雨倾盆，衣单天寒，此种滋味，真第一次领略。到青岛这天，正是端午节，我们住到了东华旅社的楼上。

西南拾遗

云南看云

文 / 沈从文

因云而得名的，可是外省人到了云南一年半载后，一定会和本地人差不多，对于云南的云，除了只能从它变化上得到一点晴雨知识，就再也不会单纯的来欣赏它的美丽了。

看过卢锡麟先生的摄影后，必有许多人方俨然重新觉醒，明白自己是生在云南，或住在云南。云南特点之一，就是天上的云变化得出奇。尤其是傍晚时候，云的颜色，云的形状，云的风度，实在动人。

战争给了许多人一种有关生活的教育，走了许多路，过了许多桥，睡了许多床，此外还必然吃了许多想象不到的苦头。然而真正具有深刻教育意义的，说不定倒是明白许多地方各有各的天气，天气不同还多少影响到一点人事。云有云的地方性：中国北部的云厚重，人也同样那么厚重。南部的云活泼，人也同样那么活泼。海边的云幻异，渤海和南海云又各不相同，正如两处海边的人性情不同。河南河北的云一片黄，抓一把下来似乎就可以作窝窝头，云粗中有细，人亦粗中有细。湖湘的云一片灰，长年挂在天空一片灰，无性格可言，然而桔子辣子就在这种地方大量产生，在这种天气下成熟，却给湖南人增加了生命的发展性和进取精神。四川的云与湖南云虽相似而不尽相同，巫峡峨眉夹天耸立，高峰把云分割又加浓，云有了生命，人也有了生命。

论色彩丰富，青岛海面的云应当首屈一指。有时五色相渲，千变万化，天空如展开一张张图案新奇的锦毯。有时素净纯洁，天空只见一片绿玉，别无他物，看来令人起轻快感，温柔感，音乐感。一年中有大半年天空完全是一幅神奇的图画，有青春的嘘息，煽起人狂想和梦想，海市蜃楼即在这种天空下显现。海市蜃楼虽并不常在人眼底，却永远在人心中。

秦皇汉武的事业，同样结束在一个长生不死青春常驻的美梦里，不是毫无道理的。云南的云给人印象大不相同，它的特点是素朴，影响到人性情，也应当是挚厚而单纯。

云南的云似乎是用西藏高山的冰雪，和南海长年的热浪，两种原料经过一种神奇的手续完成的。色调出奇的单纯。唯其单纯反而见出伟大。尤以天时晴明的黄昏前后，光景异常动人。完全是水墨画，笔调超脱而大胆。天上一角有时黑得如一片漆，它的颜色虽然异样黑，给人感觉竟十分轻。在任何地方“乌云蔽天”照例是个沉重可怕的象征，云南傍晚的黑云，越黑反而越不碍事，且表示第二天天气必然顶好。几年前中国古物运到伦敦展览时，记得有一个赵松雪作的卷子，名《秋江叠嶂》，净白的澄心堂纸上用浓墨重重涂抹，给人印象却十分秀美。云南的云也恰恰如此，看来只觉得黑而秀。

可是我们若在黄昏前后，到城郊外一个小丘上去，或坐船在滇池中，看到这种云彩时，低下头来一定会轻轻地叹一口气。具体一点将发生“大好河山”感想，抽象一点将发生“逝者如斯”感想。心中可能会觉得有些痛苦，为一片悬在天空中的沉静黑云而痛苦。因为这东西给了我们一种无言之教，比目前政治家的文章，宣传家的讲演，杂感家的讽刺文都高明得多，深刻得多，同时还美丽得多。觉得痛苦原因或许也就在此。那么好看的云，教育了在这一片天底

云南泸沽湖美景

下讨生活的人，究竟是些什么？是一种精深博大的人生理想？还是一种单纯美丽的诗的激情！若把它与地面所见、所闻、所有两相对照，实在使人不能不痛苦！

在这美丽天空下，人事方面，我们每天所能看到的，除了官方报纸虚虚实实的消息，物价的变化，空洞的论文，小巧的杂感，此外似乎到处就只碰到“法币”。大官小官商人和银行办事人直接为法币而忙，教授学生也间接为法币而忙。最可悲的现象，实无过于大学校的商学院，近年每到注册上课时，照例人数必最多。这些人其所以热衷于习经济、学会计，可说对于生命无任何高尚理想，目的只在毕业后能入银行做事。“熙熙攘攘，皆为利往，挤挤挨挨，皆为利来。”教务处几个熟人都不免感到无可奈何。教这一行的教授，也认为风气实不大好。社会研究的专家，机会一来即向银行跑。习图书馆的，弄古典文学的，学外国文学的，工作皆因此而清闲下来，因亲戚、朋友、同乡……种种机会，不少人也像失去了对本业的信心。有子女升学的，都不反对子弟改业从实际出发，能挤进银行或金融机关作办事员，认为比较稳妥。大部分优秀脑子，都给真正的法币和抽象的法币弄得昏昏的，失去了应有的灵敏与弹性，以及对于“生命”较深一层的认识。

其余平常小职员、小市民的脑子，成天打算些什么，就可想而知了。云南的云即或再美丽一点，对于那个真正的多数人，还似乎毫无意义可言的。

近两个月来本市连续的警报，城中二十万市民，无一不早早的就跑到郊外去，向天空把一个颈脖昂酸，无一人不看到过几片天空飘动的浮云，仰望结果，不过增加了许多人对于财富得失的忧心罢了。“我的越币下落了”，“我的汽油上涨了”，“我的事业这一年发了五十万财”，“我从公家赚了八万三”，这还是就仅有十几个熟人口里说说的。此外说不定还有三五个教授之流，终日除玩牌外无其他娱乐，想到前一晚上玩麻雀牌输赢事情，聊以解嘲似的自言自语：“我输牌不输理。”这种教授先生当然是不输理的，在警报解除以后，不妨跑到老伙伴住处去，再玩个八圈，证明一下输的究竟是什么。

一个人若乐意在地下爬，以为是活下来最好的姿势，他人劝他不妨站起来试走走看，或更盼望他挺起脊梁来做个人，当然是不会有什么结果的。

就在这么一个社会这么一种精神状态下，卢先生却来昆明展览他在云南的摄影，告给我们云南法币以外还有些什么值得注意。即以天空的云彩言，色彩单纯的云有多健美，多飘逸，多温柔，多崇高！观众人数多，批评好，正说明只要有人会看云，就能从云影中取得一种诗的感兴和热情，还可望将这种可贵的感情，转给另外一种人。换言之，就是云南的云即或不能直接教育人，还可望由一个艺术家的心与手，间接来教育人。卢先生摄影的兴趣，似乎就在介绍这种美丽感印给多数人，所以作品中对于云物的题材，处理得特别好。每一幅云都有一种不同的性情，流动的美。不纤巧，不做作，不过分修饰，一任自然，心手相印，表现得素朴而亲切，作品取得的成功是必然的。可是我以为得到“赞美”还不是艺术家最终的目的，应当还有一点更深的意义。我意思是如果一种可怕的庸俗的实际主义正在这个社会各组织各阶层间普遍流行，腐蚀我们多数人做人的良心做人的理想，且在同时还像是正在把许多人有形无形市侩化，社会中优秀分子一部分所梦想所希望，也只是糊口混日子了事，毫无一种较高尚的情感，更缺少用这情感去追求一个美丽而伟大的道德原则的勇气时，我们这个民族应当怎么办？大学生读书目的，不是站在柜台边作行员，就是坐在公事房作办事员，脑子都不用，都不想，只要有一碗饭吃就算有了出路。甚至于做政论的，作讲演的，写不高明讽刺文的，习理工的，玩玩文学充文化人的，办党的，信教的……特别是当权做官的，出路打算也都是只顾眼前。大家眼前固然都有了出路，这个国家的明天，是不是还有希望可言？我们如真能够像卢先生那么静观默会天空的云彩，云物的美丽景象，也许会慢慢的陶冶我们，启发我们，改造我们，使我们习惯于向远景凝眸，不敢堕落，不甘心堕落，我以为这才像是一个艺术家最后的目的。正因为这个民族是在求发展，求生存，战争已经三年，战争虽败北，虽死亡万千人民，牺牲无数财富，可并不气馁，相信坚持抗战必然翻身。就为的是这战争背后还有个庄严伟大的理想，使我们对于忧患之来，在任何情形下都能忍受。我们之所以能忍受，不特是我们要发展，要生存，还要为后来者设想，使他们活在这片土地上更好一点，更像人一点！我们责任那么重，那么困难，所以不特多数知识分子必然要有一个较坚朴的人生观，拉之向上，推之向前，就是做生意的，也少不了需要那么一分知识，方能够把企业的发展与国家的发展放在同一目标上，分途并进，异途同归，抗战到底！

举一个浅近的例子来说说：我们的眼光注意到“出路”、“赚钱”以外，若还能够估量到在滇越铁路的另一端，正有多少鬼蜮成性阴险狡诈的敌人，圆睁两只鼠眼，安排种种巧计阴谋，预备把劣货倾销到昆明来，且把推销劣货的责任，派给昆明市的大小商家时，就知道学习注意远处，实在是目前一件如何重要的事情！照相必选择地点，取准角度，方可望有较好效果。做人何尝不是一样。明分际，识大体，“有所不为”，敌人即或花样再多，敌货在有经验商家的眼中，总依然看得出，取舍之间是极容易的。若只图发财，见利忘义，“无所不为”，把劣货变成国货，改头换面，不过是翻手间事！劣货推销不过是若干有形事件中之一种。此外统治者中上层和知识阶级中不争气处，所作所为，实有更甚于此者。哪一件事、哪一种行为不影响到整个国家前途命运！哪容许我们松劲！

所以我觉得卢先生的摄影，不仅仅是给人看看，还应当给人深思。

昆明的雨

文 / 汪曾祺

宁坤要我给他画一张画，要有昆明的特点。我想了一些时候，画了一幅：右上角画了一片倒挂着的浓绿的仙人掌，末端开出一朵金黄色的花；左下画了几朵青头菌和牛肝菌。题了这样几行字：

“昆明人家常于门头挂仙人掌一片以辟邪，仙人掌悬空倒挂，尚能存活开花。于此可见仙人掌生命之顽强，亦可见昆明雨季空气之湿润。雨季则有青头菌、牛肝菌，味极鲜腴。”

我想念昆明的雨。 我以前不知道有所谓雨季。“雨季”，是到昆明以后才有了具体感受的。

我不记得昆明的雨季有多长，从几月到几月，好像是相当长的。但是并不使人厌烦。因为是下下停停、停停下下，不是连绵不断，下起来没完。而且并不使人气闷。我觉得昆明雨季气压不低，人很舒服。

昆明的雨季是明亮的、丰满的，使人动情的。城春草木深，孟夏草木长。昆明的雨季，是浓绿的。草木的枝叶里的水分都到了饱和状态，显示出过分

云南陆军讲武堂的雨

的、近于夸张的旺盛。

我的那张画是写实的。我确实亲眼看见过倒挂着还能开花的仙人掌。旧日昆明人家门头上用以辟邪的多是这样一些东西：一面小镜子，周围画着八卦，下面便是一片仙人掌，——在仙人掌上扎一个洞，用麻线穿了，挂在钉子上。昆明仙人掌多，且极肥大。有些人家在菜园的周围种了一圈仙人掌以代替篱笆。——种了仙人掌，猪羊便不敢进园吃菜了。仙人掌有刺，猪和羊怕扎。

昆明菌子极多。雨季逛菜市场，随时可以看到各种菌子。最多，也最便宜的是牛肝菌。牛肝菌下来的时候，家家饭馆卖炒牛肝菌，连西南联大食堂的桌子上都可以有一碗。牛肝菌色如牛肝，滑，嫩，鲜，香，很好吃。炒牛肝菌须多放蒜，否则容易使人晕倒。青头菌比牛肝菌略贵。这种菌子炒熟了也还是浅绿色的，格调比牛肝菌高。菌中之王是鸡纵，味道鲜浓，无可方比。鸡纵是名贵的山珍，但并不真的贵得惊人。一盘红烧鸡纵的价钱和一碗黄焖鸡不相上下，因为这东西在云南并不难得。有一个笑话：有人从昆明坐火车到呈贡，在车上看到地上有一棵鸡纵，他跳下去把鸡纵捡了，紧赶两步，还能爬上火车。这笑话用意在说明昆明到呈贡的火车之慢，但也说明鸡纵随处可见。有一种菌子，中吃不中看，叫做干巴菌。乍一看那样子，真叫人怀疑：这种东西也能吃？！颜色深褐带绿，有点像一堆半干的牛粪或一个被踩破了的马蜂窝。里头还有许多草茎、松毛、乱七八糟！可是下点工夫，把草茎松毛择净，撕成蟹腿肉粗细的丝，和青辣椒同炒，入口便会使你张目结舌：这东西这么好吃？！还有一种菌子，中看不中吃，叫鸡油菌。都是一般大小，有一块银元那样大，滴溜儿圆，颜色浅黄，恰似鸡油一样。这种菌子只有做菜时配色用，没甚味道。

雨季的果子，是杨梅。卖杨梅的都是苗族女孩子，戴一顶小花帽子，穿着扳尖的绣了满帮花的鞋，坐在人家阶石的一角，不时吆唤一声："卖杨梅——"，声音娇娇的。她们的声音使得昆明雨季的空气更加柔和了。昆明的杨梅很大，有一个乒乓球那样大，颜色黑红黑红的，叫做"火炭梅"。这个名字起得真好，真是像一球烧得炽红的火炭！一点都不酸！我吃过苏州洞庭山的杨梅、井冈山的杨梅，好像都比不上昆明的火炭梅。

雨季的花是缅桂花。缅桂花即白兰花，北京叫做“把儿兰”（这个名字真不好听）。云南把这种花叫做缅桂花，可能最初这种花是从缅甸传入的，而花的香味又有点像桂花，其实这跟桂花实在没有什么关系。——不过话又说回来，别处叫它白兰、把儿兰，它和兰花也挨不上呀，也不过是因为它很香，香得像兰花。我在家乡看到的白兰多是一人高，昆明的缅桂是大树！我在若园巷二号住过，院里有一棵大缅桂，密密的叶子，把四周房间都映绿了。缅桂盛开的时候，房东（是一个五十多岁的寡妇）和她的一个养女，搭了梯子上去摘，每天要摘下来好些，拿到花市上去卖。她大概是怕房客们乱摘她的花，时常给各家送去一些。有时送来一个七寸盘子，里面摆得满满的缅桂花！带着雨珠的缅桂花使我的心软软的，不是怀人，不是思乡。

雨，有时是会引起人一点淡淡的乡愁的。李商隐的《夜雨寄北》是为许多久客的游子而写的。我有一天在积雨少住的早晨和德熙从联大新校舍到莲花池去。看了池里的满池清水，看了着比丘尼装的陈圆圆的石像（传说陈圆圆随吴三桂到云南后出家，暮年投莲花池而死），雨又下起来了。莲花池边有一条小街，有一个小酒店，我们走进去，要了一碟猪头肉，半市斤酒（装在上了绿釉的土瓷杯里），坐了下来。雨下大了。酒店有几只鸡，都把脑袋反插在翅膀下面，一只脚着地，一动也不动地在檐下站着。酒店院子里有一架大木香花。昆明木香花很多。有的小河沿岸都是木香。但是这样大的木香却不多见。一棵木香，爬在架上，把院子遮得严严的。密匝匝的细碎的绿叶，数不清的半开的白花和饱涨的花骨朵，都被雨水淋得湿透了。我们走不了，就这样一直坐到午后。四十年后，我还忘不了那天的情味，写了一首诗：

莲花池外少行人，野店苔痕一寸深。浊酒一杯天过午，木香花湿雨沉沉。

我想念昆明的雨。

峨眉山上的景物

文 / 许钦文

许多人都以为峨眉山有着神仙；神仙实在并没有，关于神仙的故事是有的，就是峨眉山上的和尚到印度去朝活佛；印度的和尚到峨眉山上来访神仙；两个和尚在打箭炉碰见了，相互打听，知道印度并没有活佛，峨眉山上也并没有神仙，于是都回转了。

在峨眉山上，和尚和一般人都认为最可注意的是“佛灯”和“佛光”。说是要行善人诚心去进香，才容易看到这两种景物，否则即使接连去看，等候许多日子，也是见不到的。

传说中的佛灯，是许许多多个灯火，黄昏时候由山下显现，渐渐地升上空中，同时一点一点地移向金顶。因为金顶供着普贤，所以叫做“万盏明灯朝普贤”。

普贤同峨眉山究竟有什么关系，为什么这样去朝它？灯的本身不会动，由什么拿去朝？传说中都没有明白提及。迷信的传说，只能够使迷信家以为不错就行了。但许多不迷信这种传说的人，都以为峨眉山上有着一种奇异的虫，一到晚上会得发光；有的以为有一种发光的矿物；有的认为有一种能发光的树叶，其实无非是星星的倒影吧了。

由望远镜看见了，可知那些光，原有两种。其中一种的数目不多，比较短点、红点、也静点；另外有一种绿莹莹长长的不绝摇宕着。前一种是人家屋里的灯火，和街上的路灯等等；后一种是峨眉县城附近和青龙场一带的水田和河流所映成的星星的倒影。如果水很深，倒影很长，所谓水蛇，那就不像灯火了。水田和那些河流的水都不深，所以倒影像灯火，只是淡点，水被风吹了以后要波动，所以摇宕。

那些光，不规则的罗列着，其中几个明亮点，有的成着三角形，有的成着四方形，始终不变，可见只是摇宕，并不移动地位。一般人认为移动，那是不曾仔细观察，只凭一时的目力的缘故。人由灯光下转到黑暗处，瞳孔要变，初看同再看的情形不同。金顶很高，空气的密度同平地里的相差太大，从平地到金顶，其间隔着许多层密度不同的空气，其中一层的空气流动以后，折光一变，现象也就要变动，因为风吹水面波动，摇宕是实在的情形。有了这几种原因，又因和尚总在有意无意的暗示，说是动了，移向金顶了，因此许多人都以为那些光是会得移动的，于是推想到飞虫和树叶上面去。

显现那些光的区域，是很尖长的秋海棠的形状。在那形状的范围以内，全是水田、房屋和河流，没有一座山，原是峨眉县城附近一带的地方。可见绝不是由于矿物。峨眉县城附近一带，除了多种白蜡树外，同别的地方一样；白蜡树固然并没有发光的作用，而且成行种着，同那些光罗列的情形不像所谓万盏明灯，原是星星的倒影，可无疑问。虽然水田河流各处都有，高山也不止峨眉山一座；但峨眉的山形很特别，就是来得陡。舍身岩一带从金顶直下，简直是壁立的。在金顶俯视峨眉县附近一带，仿佛在塔尖下望，这一点很特别，也很有关系。而且从峨眉县城上金顶，走的路虽长，直线并不远，所以望得见。

虽然并非怎样神秘的佛灯，也不是什么奇怪的动植物，几千个光隐约浮现

民国时期的挑山工

着，委实是个奇观。有暇去鉴赏，一定要选定没有月光的时期，而且要在峨眉县城附近一带是晴天；如果要多看点，还得在春间田中有水的时期。

看佛灯叫做“睹灯”，看佛光叫做“睹光”。睹光在下午两三点钟或五六点钟；上午七八点钟也可以看到，不过很少。所谓佛光，就是一个五彩的大环，中间有着人形，是会动的，其实是虹。常年看见虹，是在虹的旁边观望，只能看到半个环形；在金顶，虹在下面，看见的是整个环形。中间会动的是去看的人自己的影子，所以去看的人，擎一擎手，那人形也擎一擎手；去看的人点一点头，那人形也就点一点头了。

佛光比佛灯容易看到，这里因为峨眉山的金顶上，简直没有一小时以上的时间可以脱尽云雾，刚见着太阳，忽然云到天暗，马上下起雨来，是常事。而且云雾常在金顶的下面，金顶的上面天气很晴，下面都满布着云雾，叫做“云海”。在太阳光的斜度可以因为折光的关系发生虹的时候，云海里就显现佛光了。

在峨眉山上，时常可以看到警告谨防老虎的牌告；到了半山以上，更多老虎的塑像，又有许多人被老虎拖去的故事。可是故事里面，总只说忽然少了个人，并非有人怎样亲看过老虎的影迹。

在这山上，四肢都落地的动物，我看到最多的是猴子。大大小小，二十来只，结着队在路旁的树上玩耍，小的不过半尺长，攀着树枝翻筋斗。一尺多长的中猴子，在旁边帮助，很是和爱的样子。大猴子很肥，见了我们行人，就吱吱的叫着关照小猴子，同时走到路上来向我们要食物，我们给了点干牛肉，嗅了一阵丢开了。伸“手”又来向我们要食物。我们指了指那已丢开的干牛肉，于是拾了起来重行了一阵，仍然丢开了。

据说这些猴子有时结着队到寺院的门前去，故意吱吱的叫个不了。如果有人拿着玉蜀黍叫几声“三儿！”就会跑将过去的。寺院里一到朔望，照例要磨豆腐，猴子会得按时去要豆腐渣吃。如果有人损害了一只猴子，就有大群的猴子出来报仇，乱掷石子，并且撕破衣服。还要到寺院里去闹，因为山上没有旅舍，去游的人总是寄寓在寺院里的。

由观峨场上峨眉山去，在山脚第一个是报国寺，其次是伏虎寺。这两个寺都很大，伏虎寺的风景很好，山门面前，古树丛中响着溪流，有如天台山的国清寺，只是没有那样高大的塔。关于伏虎寺，传说不一，有的说是从前开山祖师进去，过不得溪，由一只老虎背过渡，为纪念那只老虑，所以造起寺来。另外有着虎溪，是个旁证。有的说是从前那里多老虎。常常害人，造这个寺，目的在于制伏老虎，“伏”字是动词。又有人说“伏”是转成了形容词的，因为那近旁有着一座山，形状像是一只伏着的老虎。

清音阁正当两溪汇合的地方，站在那面前的双飞桥上，可以饱听流水的声音。后面是黑龙江，与山缝间的岩壁上接连架着木板，下面流着急水，木板上满生着苔。上面只能够望见一条细长的天空，所以又叫做一线天。前面过去不远就是龙门。在那附近有着一所小小的洋房，听说曾经住过一位做了母亲的少女，如今下山去了，做着“交际之花”。

洪椿坪和九老洞的寺院都是大而考究，柱子油漆得红红的，备着沙发等器具。峨眉山上的寺院虽然很多，这两个寺的中间相隔三十里却无一个寺院，也没有别的可以休息的地方。其间有着九十九倒拐和扁担岩。九十九倒拐是弯弯曲曲的九十九条石级，走上去很吃力。游人不能够用轿子，也就是因为这种地方。扁担岩一带很阴，三四月里还是积雪不消的。但如走华严寺那条路上金顶，就不用经过这些地方了。

从清音阁去洪椿坪，可以走黑龙江，也可以走牛心寺，如愿多游点地方，就可去大坪寺。上去十五里的路叫做猴子坡，下来十五里的路是蛇倒退。连蛇上去也要倒退下来，可见这条路的陡了。猴子坡的形容有两说：一说有人在那里行走，望去好像是猴子在爬岩壁。另一说，因为陡，只好像猴子的爬上去。这两条路都很狭，两旁都是深岩，所难的，是石级多已破坏得活动，一滑脚掉下去，性命保可以送脱。猴子坡多弯曲，风景更来得好。

九老洞正当峨眉山的半腰，前望大坪，从猴子坡要走十五里才到的高峰，看去无非是海底里的一条礁石的样子。左望华严寺和遇仙寺，宛如一幅幽美的中国画。遇仙寺在一个小小的峰尖上，有大的山做着背景，更觉玲珑秀丽。右面仙皇台上，可以下望峨眉县城附近一带的平地。在九老寺的附近，有着许多桫椤树和槲桐树，又有岩瓢，桫椤树的形状有点像桂花树，叶子也差不多，不过大一些。花开得很多，一球一球地满布在树上，每球好像都是由五朵牵牛花合成的。槲桐的干子细长，有点像马柳树。叶如桑，花开在叶上，分别不清，是元始植物的一种。果如荔枝，所以土名叫做土荔枝。岩瓢寄生一棵枯了的大树上面，由叶柄直接寄附着，绿莹莹的好像是一只一只的调羹，所以称做岩瓢。这里的动物，在猴子之外有岩燕，许许多多在九老洞的口子上乱飞。还有青蛙的叫声，山间的回音助长声势，常使人以为有猴子叫着来了。

上洗象池得先走钻天坡，五里路长，实在来得陡。到金顶还得经过阎王坡和天门石。阎王坡很难走。天门石是两个大石炮，行人在这两个石炮的缝里经过，因为在将到金顶的地方，所以加了“天门”的形容词。

走华严寺的一条路要经过点心坡，就是走的时候，脚膝髁头要点着心，也是陡的形容。点心坡的下面是观心顶，上面是息心所。

寺院多，泥塑木雕的偶像也就多，有的多头多手，有的袒胸露臂。在纯阳殿里卧着的吕纯阳塑像旁，堆满着绣花枕头，好像着实可以安枕高卧的样子。在万年寺的砖殿里铜佛铜像以外，有着一位卧着的女菩萨，上面盖着被，揭起被来看，只系着一条短短的红裤子。

万年寺的砖殿里又有叫做佛牙的，其实是个猴子脊骨的化石。

距大峨寺不远的地方有着新开寺，筑起了许多住室，是西人避暑的场所。曾经同时死过许多香客的三霄洞，在接引殿和九老洞之间；因为洞被政府封禁，路也已经荒废，去不得了。猪肝洞在大峨山和小峨山之间的小山上，要从

峨眉山象雕

青龙场去才可以游。因为洞里有一块悬挂着的岩石像猪肝，所以有这个名称。

从雷洞坪到金顶一带的舍身岩，委实是极陡峻的地方。在别处跳楼堕塔，是无论如何不会有这样高的。而且在有云海的时候，看去仿佛棉花团，可以觉得很安适。只是上去远得很，路又难走，怕是一般消极的人所不愿意干的。

因为高了，气温太低，虽在夏天也得烧火盆取暖的金顶，生物很少。植物除寒杉和竹，只可以看到苔类。寒杉的树叶一盘一盘的长得很密，显得生长很慢。枝叶都向下垂，这是常常被雪压着的记号。竹长得不过一尺多高，形状却依然是大竹竿的样子。接连长成一大片，远望好像是草地。因为时刻在云雾中，湿度太高，各处都生着苔类，连寒杉的顶梢上也都有。动物更少，大和尚和小和尚以外，只有佛现鸟的叫声时常可以听到。佛现鸟，因为叫的声音好像

峨眉山金顶

是说“佛现了”！所以这样称呼；其实，要不迷信佛，就会觉得叫声并不像的。这种鸟的形状类似画眉。因为高了，空气的密度低，连饭都煮不热了的金顶，生物委实不容易生存。

同金顶并列着的千佛顶和万佛顶，虽然都有不少的小菩萨，可是同“千”和“万”的数目差得多；这千万的两个字，无非多数的形容吧了。

在金顶，固然可以直望峨眉县城和青龙场一带的地方，还可以隐约望见嘉定的大佛。近处的下面，九老洞所在的峰尖也变得好像原是条海底的礁石，正如在九老洞所见的大坪了。但一向后面眺望过去，瓦山固然比金顶要高，终年银白的雪山虽然很远，也可以见得更大更高。雪山就是昆仑山，真是所谓“峨眉万丈高，昆仑一条腰”的了。

灵洁九寨沟

文 / 艾煊

一

青翠的，连绵无尽头的山脉，一掰两爿，分裂成了屏风式的两排，互相对望，相守相伴，情意缠绵。夹在两排山屏当中的，是一条高高低低，弯弯曲曲，蜿蜒千里的深峡谷。千柔百曲的岷江，在这条深谷的底部活泼奔舞。由松潘高原，层层梯次跳跃而下，过都江堰，越川西平原，直到溶入长江。

岷江是绿白两色相和相间的陡河。碧绿的江水，涛头上镶饰一朵朵亮白的江花，从四千米的高原，亢奋地奔向低低的川西盆地。

去九寨沟的这条车路，是天帝设计的。步步依伴着岷江，成就了一条飘带似的，和岷江一样柔曲的公路。我乘坐面包车，伴着岷江溯流而上，直达江源的星宿海。

许多藏民牵着藏马等在路边，欢迎人们骑着如猫般温驯的马，轻松地跋涉于岷江源的沼泽中。

越过此分水岭，另一条河，朝着与岷江相反的方向急速流下，这便是白水江。幽绝灵绝的九寨沟圣水，也汇入这白水江中。

悠悠天路远，骑鹤飞九沟。

青翠幽静的岷江峡谷，是天帝安置所有生物共有共居的和平乐园。人若独占，难免会遭天帝谴责。一九三三年八月，天公震怒，地动山摇。无辜的叠溪镇，被整体掀进深谷的岷江江底，注成了又一个高山湖泊。六十年后的此时此地，我立在岸边俯瞰。湖面平静，湖水无言。碧青的湖水，外表温柔，但在水面下四十公尺的深底，潜藏着一个小镇的悲惨故事。

二

九寨沟，阴晴晦暝，四时景色不同。山美，树美，云美，雪峰美，瀑布美。最美的是大大小小串珠般的，一百一十四个梯级湖泊。这些有灵性的神秘小湖，来自天上，流注到距我们头顶三千公尺的高空，凝汇成令人看了心跳的明洁圣湖。

湖水，清澈见底，洁净无染，透彻明亮，但又不是单纯的亮白。它透明的色调，竟会是五颜六色，落彩缤纷。

水晶无影。九寨沟的湖水，和水晶同质，无论多么深，都可窥透湖底。水草有生命，水底岩石也有生命。就连原始林中枯死后沉入湖中的树木，也起死回生，在湖水里重新获得了生命。

天下湖泊多矣，但一湖之水难分两色。惟九寨沟的这些小湖极为奇妙，一湖晶亮的水，竟分成为好几片互不混同的色块。蓝，绿，黄，红。每一色，又化开来，洇染成了若干深深浅浅、透明无影的色阶。藏青，宝蓝，淡蓝，墨绿，翠绿，浅绿，鹅黄，金黄，紫红，桃红。

这湖水色泽的五彩，自何而来？这些绮丽美色，并非山岭、流云、花树的

九寨沟五彩湖

九寨沟湍急的溪流

倒影。色阶丰富的恬静神秘水色，你，来自何方？

九寨沟的高山梯级湖泊，湖水是由高处倾泻式的往下流淌。但无一丝一毫躁动感，看不到它在忙忙碌碌地奔流。水表平静无波。

世间万千湖泊，往往在月光下才显示出很美。九寨沟的小湖，阳光照耀下的湖水，也和月光下的湖水一样，温柔，平和，宁静。

湖水澄澈，明亮，多色。像是多民族幼儿园中，各种肤色儿童，睁大稚气纯真透明的眼睛。湛蓝眼珠，釉黑眼珠，亮褐眼珠。

这里是俗尘世界，并非天神的仙游苑。如此美的俗世山光，如此美的俗世凡水，除此川康高原外，人间还会有几处？

我的笔钝词拙，只能叙述，形容，无法传达她的灵妙仙韵。

文字力弱。也许音乐或绘画，可传其一二神妙。

古琴曲有《高山流水》，弹奏的是七十二澎湃激流。不知今乐中，有曼吟九寨沟秀山柔水的圣曲否？

古今西洋油画中，有没有描绘过类似九寨沟的绝色湖泊？

古今中国画中，无论泼墨山水或青绿山水，有没有显示出如同九寨沟般的明澈，和它丰富的色调？

九寨沟的湖水，美绝，妙绝，灵绝。若非身临此境，如何领会世间竟有此洗涤灵魂的纯水。我平生在许多美湖上居住过，航行过，但从未有过像面对此湖时，这般令人感动得心醉，心悸。我痴望着澄澈宁静的湖水。这无言的情意脉脉的纯净水，渗透进心的深处。感动得人无法自持，泪，默默地溢眶缓流。如是一个人独游，我将匍匐于岸边，面对天和湖，伏地虔诚膜拜。世世代代礼的拘囿，我辈已丧失了想哭就哭想笑就笑的真人性。我这浊世庸人，无计脱俗，灵魂无翅飞升，只好从俗。

圣洁的湖水，原是天帝滋养熊猫的琼浆。人进熊猫退，在此居住了亿万年的憨熊猫，让出了如此美的栖息之地，如古代隐逸之士般远避人类无端的侵扰。善良的熊猫，你这高山隐士，此刻结庐于何所？

人们极爱九寨沟。但近十数年间，三十万人的侵扰，又无情地搅乱了此山此林此湖亿万年绝美的宁静。

人人都说九寨沟美。美，这象形字该当如何构成？古人造字有误，以火烤羊肉为美。那只是口腹物欲之美。到了九寨沟，忽有所悟。山水人，三者叠加，方可视为象形文的美字。这是人与自然的融溶之美。

澜沧江边的蝴蝶会

文／冯牧

我在西双版纳的美妙如画的土地上，幸运地遇到了一次真正的蝴蝶会。

很多人都听说过云南大理的蝴蝶泉和蝴蝶会的故事，也读到过不少关于蝴蝶会的奇妙景象的文字记载。从明朝万历年间的《大理志》到近年来报刊上刊载的报道，我们都读到过关于这个反映了美丽的云南边疆的独特风光的具体描述。关于蝴蝶会的文字记载，由来已久。据我所知道的，第一个细致而准确地描绘了蝴蝶会的奇景的，恐怕要算是明朝末年的徐霞客了，在三百多年前，这位卓越的旅行家不但为我们真实地描写了蝴蝶群集的奇特景象，并且还详尽地描写了蝴蝶周围的自然环境。他这样写着：

> “……山麓有树大合抱，倚崖而耸立，下有泉，东向漱根窍而出，清洌可鉴。稍东，其下又有一树，仍有一小泉，亦漱根而出，二泉汇为方丈之沼，即所溯之上流也。泉上大树，当四月初，即发花如蛱蝶，须翅栩然，与生蝶无异；又有真蝶千万，连须钩足，自树巅倒悬而下，及于泉面，缤纷络绎，五色焕然。”

这是一幅多么令人目眩神迷而又美妙奇丽的景象！无怪乎许多来到大理的旅客都要设法去观赏一下这个人间奇观了。但可惜的是，胜景难逢，由于某种我们至今还不清楚的自然规律，每年蝴蝶会的时间总是十分短促并且是时有变化的；而交通的阻隔，又使得有机会到大理去游览的人，总是难于恰巧在那个时间准确无误地来到蝴蝶泉边。就是徐霞客也没有亲眼看到真正的蝴蝶会的盛况；他晚去了几天，花朵已经凋谢，使他只能折下一枝蝶树的标本，惆怅而去。他的关于蝴蝶会的描写，大半是根据一些亲历者的转述而记载下来的。

我在七八年前也探访过一次蝴蝶泉。我也去晚了。但我并没有像徐霞客那样怅然而返，我还是看到了成百的蝴蝶在集会。在一泓清澈如镜的泉水上央，环绕着一株枝叶婆娑的大树，一群彩色缤纷的蝴蝶正在翩翩飞舞，映着水潭中映出的倒影，确实是使人感到一种超乎常态的美丽。

以后，我遇见过不少曾经专程探访过蝴蝴泉的人。只有个别的人有幸看到了真正的蝴蝶盛会。但是，根据他们的描述，比起记载中和传说中所描述的景象来，已经是大为逊色了。

其实，这是毫不足怪的。随着公路的畅通，游人的频至，附近的荒山僻野的开拓，蝴蝶泉边蝴蝶的日渐减少，是完全符合自然发展规律的。而且，如果我们揭开关于蝴蝶会的那层富有神话色彩的传说的帷幕，我们便会发现：像蝴蝶群集这类罕见的景象，只不过是一定的自然环境的产物；而且有些书籍中也分明记载着，所谓蝴蝶会，并不是大理蝴蝶泉所独有的自然风光，而是在云南的其他地方也曾经出现过的一种自然现象。比如，在清人张泓所写的一本笔记《滇南新语》中，就记载了昆明城晨的圆通山（就是现在的圆通公园）的蝴蝶会，书中这样写道：

“每岁孟夏，蛱翻随风，缤纷五彩，锦色烂然，集必三日始去究不知其去来之何从也。余目睹其呈奇不爽者盖两载。”

俯瞰云南澜沧江风光

张泓是乾隆年间人，他自然无法用科学道理来解释他在昆明看到的奇特景象；同时，由于时旷日远，现在住在昆明的人恐怕也很少有人听说过在昆明城里有过这种自然界的奇观。但是，张泓关于蝴蝶会的绘影绘色的描写，却无意中为我们印证了一件事情：蝴蝶的集会并不只是大理蝴蝶泉所独有的现象，而是属于云南的特殊自然环境所特有的自然现象，属于一种气候温煦、植物繁茂、土地肥腴的自然境界的产物。由此，我便得出了这样一个设想：即使是大理的蝴蝶逐渐减少了（正如历史上的昆明一样），在整个云南边疆的风光明丽的锦绣大地上，在蝴蝶泉以外的别的地方，我们一定也不难找到如像蝴蝶泉这样的诗情浓郁的所在的。

这个设想，被我不久以前在西双版纳旅途中的一次意外的奇遇所证实了。

由于一种可遇而不可求的机会，我看到了一次真正的蝴蝶会，一次完全可以和徐霞客所描述的蝴蝶相媲美的蝴蝶会。

西双版纳的气候是四季长春的。在那里你永远看不到植物凋敝的景象。但是，即使如此，春天在那里也仍然是最美好的季节。就在这样的季节里，在傣族的泼水节的前夕，我们来到了被称为西双版纳的一颗“绿宝石”的橄榄坝。

在这以前，人们曾经对我说：谁要是没有到过橄榄坝，谁就等于没有看到真正的西双版纳。当我们刚刚从澜沧江的小船踏上这片密密地覆盖着浓绿的植物层的土地时，我马上就深深地感觉到，这些话是丝毫也不夸张的。我们好像来到了一个天然的巨大的热带花园里，到处都是一片浓荫匝地，繁花似锦。到处都是一片蓬勃的生气：鸟类在永不休止地啭鸣；在棕褐色的沃土上，各种植物好像是在拥挤着、争抢着向上生长。行走在村寨之间的小径上，就好像是行走在精心培植起来的公园林荫路上一样，只有从浓密的叶隙中间，才能偶尔看到烈日的点点金光。我们沿着澜沧江边的一连串村寨进行了一次远足旅行。

我们的访问终点，是背倚着江岸、紧密接连的两个村寨——曼厅和曼扎。

当我们刚刚走上江边的密林小径时，我就发现，这里的每一块土地，每一段路程，每一片丛林，都是那样地充满了依丽的热带风光，都足以构成一幅色彩斑斓的绝妙风景画面。我们经过了好几个隐藏的在密林深处的村寨，只有在注意寻找时，才能从树丛中发现那美丽精巧的傣族竹楼。这里的村寨分布得很特别，不是许多人家聚成一片，而是稀疏地分散在一片林海中间。每一幢竹楼周围都是一片丰饶富庶的果树园；家家户户的庭前窗后，都生长着枝叶挺拔的椰子树和槟榔树，绿荫盖地的芒果树和荔枝树。在这里，人们用垂实累累的香蕉树作篱笆，用清香馥郁的夜来香作围墙。被果实压弯了的柚子树用枝叶敲打着竹楼的屋檐；密生在枝桠间的菠萝蜜散发着醉人的浓香。

我们在花园般的曼厅和曼扎度过了一个愉快的下午。我们参观了曼扎的办得很出色的托儿所；在那里的整洁而漂亮的食堂里，按照傣族的习惯，我们和社员们一起吃了富有民族特色的午饭，分享了社员们的富裕生活的欢快。我们在曼厅旁听了为布置甘庶和双季稻生产而召开的社长联席会，然后怀着一种充实的心境走上了归途。

我们走的仍然是来时的路程，仍然是那条浓荫遮天的林中小路，数不清的奇花异卉散发着沁人心脾的清香。在路边的密林里，响彻着一片鸟鸣和蝉叫的嘈杂而又悦耳的合唱。透过树林枝干的空隙，时时可以看到大片的平整的田畴，早稻和许多别的热带经济作物的秧苗正在夕照中随风荡漾。在村寨的边沿，可以看到林荫道菩提林的巨人似的身姿，在它们的荫蔽下，佛寺的高大的金塔和庙顶在闪着耀眼的金光。

一切都和我们来时一样。可是，我们又似乎觉得，我们周围的自然环境和来时有些异样，终于，我们发现了一种来时所没有的新景象：我们多了一群新的旅伴——成群的蝴蝶。在花丛上，在枝叶间，在我们的周围，到处都有三五成群的彩色蝴蝶在迎风飞舞；它们有的在树丛中盘旋逗留，有的随着我们一同前进。开始，我们对于这种景象也并不以为奇。我们知道，这里的蝴蝶的美丽

贺师诚探花及第图局部【清朝】

和繁多是别处无与伦比的；我们在森林中经常可以遇到彩色的斑斓的蝴蝶和人们一同行进，甚至连续飞行几里路。我们早已养成了这样的习惯：习惯于把成群的蝴蝶看作是西双版纳的美妙自然景色的一个不可缺少的组成部分了。

但是，我们越来越感到，我们所遇到的景象实在是超过了我们的习惯和经验了。蝴蝶越聚越多，一群群、一堆堆从林中飞到路径上，并且结队成伙地在向着我们要去的方向前进着。它们上下翻飞，左右盘旋；它们在花丛树影中飞快地煽动着彩色的翅膀，闪得人眼花缭乱。有时，千百个蝴蝶拥塞了我们前进的道路，使我们不得不用树枝把它们赶开，才能继续前进。

就这样，在我们和蝴蝶群的搏斗中走了大约五里路的路程之后，我们看到了一个奇异的景色。我们走到一片茂密的木贝树林边；在一块草坪上面，有一株硕大的菩提树，它的向四面伸张的枝丫和浓茂的树叶，好像是一把巨大的阳伞似的遮盖着整个草坪。在草坪中央的几方丈的地面上，仿佛是密密地丛生着

云南大理蝴蝶泉秋色

一片奇怪的植物似的，聚集着数以万计的美丽的蝴蝶，好像是一座美丽的花坛一样，它们互相拥挤着，攀附着，重叠着，面积和体积都在不断地扩大。从四面八方飞来的新的蝶群正在不断地加入进来。这些蝴蝶大多数是属于一个种族的，它们的翅膀的背面是嫩绿色的，这使它们在停止不动时就像是绿色的小草一样，它们翅膀的背面却又是金黄色的，上面还有着美丽的花纹，这使它们在扑动翅翼时又像是朵朵金色的小花。在它们的密集的队伍中间，仿佛是有意来作为一种点缀，有时也飞舞着少数巨大的黑底红花身带飘带的大木蝶。在一刹那间，我们好像是进入了一个童话世界；在我们的眼前，在我们四周，在一片令人心旷神怡的美妙的自然景色中间，到处都是密密匝匝、层层叠叠的蝴蝶；蝴蝶密集到这种程度，使我们随便伸出手去便可以捉到几只。天空中好像是雪花似的飞散着密密的花粉，它和从森林中飘来的野花和菩提的气息混在一起，散出了一种刺鼻的浓香。

面对着这种自然界的奇景，我们每个人几乎都目瞪口呆了。站在千万只翩然飞舞的蝴蝶当中，我们觉得自己好像是有些多余的了。而蝴蝶却一点也不怕我们；我们向它们的密集的队伍投掷着树枝，它们立刻轰涌地飞向天空，闪动着彩色缤纷的翅翼，但不到一分钟之后，它们又飞到草地上集合了。我们简直是无法干扰他们参与盛会的兴致。

我们在这些集成阵的蝴蝶前长久地观赏着，赞叹着，简直是流连忘返了。在我的思想里，突然闪过了一个念头：难道这不正是过去我们从传说中听到的蝴蝶会么？我们有人时常慨叹着大理蝴蝶泉上的蝴蝶越来越小了，但是，在祖国边疆的无限美好的土地上，不是随处都可以找到它们欢乐聚会的场所么？

在我的心里，仅仅是充溢着一种激动而欢乐的情感，并且深深地为了能在我们祖国边疆看到这样奇丽的风光而感到自豪。我们所生活、所劳动、所建设的土地，是一片多么丰饶丰富、多么美丽、多么奇妙的土地啊！

岭南风物

南行杂记

文 / 郁达夫

一

上船的第二日，海里起了风浪，饭也不能吃，僵卧在舱里，自家倒得了一个反省的机会。

这时候，大约船在舟山岛外的海洋里，窗外又凄凄的下雨了。半年来的变化，病状，绝望，和一个女人的不名誉的纠葛，母亲的不了解我的恶骂，在上海的几个月的游荡。一幕一幕的过去的痕迹，很杂乱地尽在眼前交错。

上船前的几天，虽则是心里很牢落，然而实际上仍是一件事情也没有干妥。闲下来在船舱里这么的一想，竟想了许多琐杂的事情来：

“那一笔钱，不晓几时才拿得出来？”

“分配的方法，不晓有没有对C君说清？”

“一包火腿和茶叶，不知究竟要什么时候才能送到北京？”

“啊！一封信又忘了！忘了！”

浙江省嵊泗县舟山群岛

像这样的乱想了一阵，不知不觉，又昏昏地睡去，一直到了午后的三点多钟。在半醒半觉的昏睡余波里沉浸了一回，听见同舱的K和W在说话，并且话题逼近到自家的身上来了：

“D不晓得怎么样？”K的问话。

“叫他一声吧！”W答。

“喂，D！醒了吧？”K又放大了声音，向我叫。

“乌乌？？乌？？醒了，什么时候？”

“舱里空气不好，我们上‘突克’去换一换空气吧！”

K的提议，大家赞成了，自家也忙忙地起了床。风停了，雨也已经休止，“突克”上散坐着几个船客。海面的天空，有许多灰色的黑云在那里低回。一阵一阵的大风渣沫，还时时吹上面来。湿空气里，只听见那几位同船者的杂话声。因为是粤音，所以辨不出什么话来，而实际上我也没有听取人家的说话的意思和准备。

三人在铁栏杆上靠了一会，K和W在笑谈什么话，我只呆呆地凝视着黯淡的海和天，动也不愿意动，话也不愿意说。

正在这一个失神的当儿，背后忽儿听见了一种清脆的女人的声音。回头来一看，却是昨天上船的时候看见过一眼的那个广东姑娘。她大约只有十七八岁年纪，衣服的材料虽则十分朴素，然而剪裁的式样，却很时髦。她的微突的两只近视眼，狭长的脸子，曲而且小且薄的嘴唇，梳的一条垂及腰际的辫发，不高不大的身材，并不白洁的皮肤，以及一举一动的姿势，简直和北京的银弟一样。昨天早晨，在匆忙杂乱的中间，看见了一眼，已经觉得奇怪了，今天在这一个短距离里，又深深地视察了一番，更觉得她和银弟的中间，确有一道相通的气质。在两三年前，或者又要弄出许多把戏来搅扰这一位可怜的姑娘的心意；但当精力消疲的此刻，竟和大病的人看见了丰美的盛馔一样，心里只起了一种怨恨，并不想有什么动作。

她手里抱着一个周岁内外的小孩，这小孩尽在吵着，仿佛要她抱上什么地方去的样子。她想想没法，也只好走近了我们的近边，把海浪指给那小孩看。我很自然的和她说了两句话，把小孩的一只肥手捏了一回。小孩还是吵着不已，她又只好把他抱回舱里去。我因为感着了微寒，也不愿意在“突克”上久立，过了几分钟，就匆匆地跑回了船室。

吃完了较早的晚饭，和大家谈了些杂天，电灯上火的时候，窗外又凄凄的起了风雨。大家睡熟了，我因为白天三四个钟头的甜睡，这时候竟合不拢眼来。拿出了一本小说来读，读不上几行，又觉得毫无趣味。丢了书，直躺在被里，想来想去想了半天，觉得在这一个时候对于自家的情味最投合的，还是因那个广东女子而惹起的银弟的回忆。

计算起来，在北京的三年乱杂的生活里，比较得有一点前后的脉络，比较的值得回忆的，还是和银弟的一段恶姻缘。

人生是什么？恋爱又是什么？年纪已经到了三十，相貌又奇丑，毅力也不足，名誉、金钱都说不上的这一个可怜的生物，有谁来和你讲恋爱？在这一种绝望的状态里，醉闷的中间，真想不到会遇着一样飘零的银弟！

我曾经对什么人都声明过：“银弟并不美。也没有什么特别可爱的地方。”若硬要说出一点好处来，那只有她的娇小的年纪和她的尚不十分腐化的童心。

酒后的一次访问，竟种下了恶根，在前年的岁暮，前后两三个月里，弄得我心力耗尽，一直到此刻还没有恢复过来，全身只剩了一层瘦黄的薄皮包着的一副残骨。

这当然说不上是什么恋爱，然而和平常的人肉买卖，仿佛也有点分别。啊啊，你们若要笑我的蠢，笑我的无聊，也只好由你们笑，实际上银弟的身世是有点可同情的地方在那里。

她父亲是乡下的裁缝，没出息的裁缝，本来是苏州塘口的一个恶少年；因为姘识了她的娘，他们俩就逃到了上海，在浙江路的荣安里开设了一间裁缝摊。当然是一间裁缝摊，并不是铺子。在这苦中带乐的生涯里，银弟生下了地。过了几时，父亲又在上海拐了一笔钱和一个女子，大小四人就又从上海逃到了北京。拐来的那个女子，后来当然只好去当娼妓，银弟的娘也因为男人的不德，饮上了酒，渐渐的变成了班子里的龟婆。罪恶贯盈，她父亲竟于一天严寒的晚上在雪窠里醉死了。她的娘以节蓄下来的四五百块恶钱，包了一个姑娘，勉强维持她的生活。像这样的日子，过了几年，银弟也长大了。在这中间，她的娘自然不能安分守寡，和一个年轻的琴师又结成了夫妇。迴圈报应，并不是天理，大约是人事当然的结果；前年春天，银弟也从“度嫁”的身份进了一步，去上捐当了娼女。而我这前世作孽的冤鬼，也同她前后同时地浮荡在北京城里。

第一次去访问之后，她已经把我的名姓记住。第二天晚上十一点前后醉了回家，家里的老妈子就告诉我说：“有一位姓董的，已经打了好几次电话来了。”我当初摸不着头脑，按了老妈子告诉我的号码就打了一个回电。及听到接电话的人说是蘼香馆，我才想起了前一晚的事情，所以并没有教他去叫银弟讲话，马上就把接话机挂上了。

记得这是前年九、十月中的事情，此后天气一天寒似一天，国内的经济界也因为政局的不安一天衰落一天，胡同里车马的稀少，也是当然的结果。这中间我虽则经济并不宽裕，然而东挪西借，一直到年底止，为银弟开销的账目，总结起来，也有几百块钱的样子。在阔人很多的北京城里，这几百块钱，当然算不得什么一回事，可是由相貌不扬、衣饰不富、经验不足的银弟看来，我已经是她的恩客了。此外还有一件事情，说出来是谁也不相信的，使她更加把我当作了一个不是平常的客人看。

一天北风刮得很厉害，寒空里黑云飞满，仿佛就要下雪的日暮，我和几个朋友，在游艺园看完戏之后，上小有天去吃夜饭。这时候房间和散座都被人占去了，我们只得在门前小坐，候人家的空位。过了一会，银弟和一个四十左右

民国上海滩妓院代价币

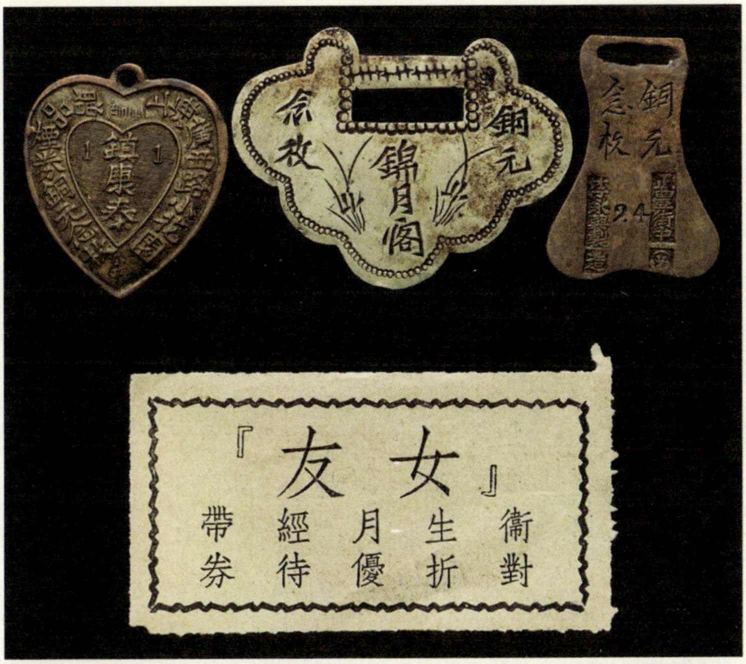

妓院女子像

的绅士，从里面一间小房间里出来了。当她经过我面前的时候，一位和我去过她那里的朋友，很冒失地叫了她一声，她抬头一看，才注意到我的身上，窑子在游戏场同时遇见两个客人本来是常有的事情，但她仿佛是很难为情地丢下了那个客人来和我招呼。我一点也不变脸色，仍是平平和和的对她说了几句话，叫她快些出去，免得那个客人要起疑心。她起初还以为我在吃醋，后来看出了我的真心，才很快活地走了。

好容易等到了一间空屋，又因为和银弟讲了几句话的结果，被人家先占了去；我们等了二十几分钟，才得了一间空座进去坐了。吃菜吃到第二碗，伙计在外边嚷，说有电话，要请一位姓×的先生说话。我起初还不很注意，后来听伙计叫的的确是和我一样的姓，心里想或者是家里打来的，因为他们知道我在游艺园，而小有天又是我常去吃晚饭的地方。到电话口去一听，就听出了银弟的声音。她要我马上去她那里，她说刚才那个客人本来要请她听戏，但她拒绝了。我本来是不想去的，但吃完晚饭，出游艺园的时候，时间还早，朋友们不愿意就此分散，大家你一句我一句，就决定要我上银弟那里去问她的罪。

在她房里坐了一个多钟头，接着又打了四圈牌，吃完了酒，想马上回家，而银弟和同去的朋友都要我在那里留宿。他们出去之后，并且把房门带上，在外面上了锁。

那时候已经是一点多钟了，妓院里特有的那一种艳乱的杂音，早已停歇，窗外的风声，倒反而加起劲来。银弟拉我到火炉旁边去坐下，问我何以不愿意在她那里留宿。我只是对她笑笑，吸着烟，不和她说话。她待了一会儿，就把头搁在我的肩上，哭了起来。妓女的眼泪，本来是不值钱的；尤其是那时候我和她的交情并不深，自从头一次访问之后，拢总还不过去了三四次；所以我看了她这一种样子，心里倒觉得很不快活，以为她在那里用手段。哭了半天，我只好抱她上床，和她横靠在叠好的被条上面。她止住眼泪之后，又沉默了好久，才慢慢地举起头来说："耐格人啊，真姆拨良心！"

又停了几分钟，感伤的话，一齐的发出来了："平常日甲末，耐总勿肯来，来仔末，总说两句鬼话啦，就跑脱哉。打电话末，总教老妈子回复，说'勿拉屋里！'真朝碰着仔，要耐来拉给搭，耐回想跑回起。叫人家格面子阿过得起？数数看，像娥给当人，实在勿配做耐格朋友。"说到了这里，她又重新哭了起来，我的心也被她哭软了。拿出手帕来替她擦干了眼泪，我不由自主地吻了她好半天。换了衣服，洗了身，和她在被里睡好，桌上的摆钟，正敲了四下。这时候她的余哀未去，我也很起了一种悲感，所以两人虽抱在一起，心里却并没有失掉互相尊敬的心思。第二天一直睡到午前的十点钟起来，两人间也不曾有一点猥亵的行为。起床之后，洗完脸，要去叫早点心的时候，她问我吃荤的呢还是吃素的，我对她笑了一笑，她才跑过来捏了我一把，轻轻地骂我说："耐拉取笑娥呢，回是勒拉取笑耐自家？"

我也轻轻地回答她说："我益格沫事，已经割脱着！"

这一晚的事情，说出来大家总不肯相信，但从此之后，她对我的感情，的确是剧变了。因此我也更加觉得她的可怜，所以自那时候起到年底止的两三个月中间，我竟为她付了几百块钱的账。当她身子不净的时候，也接连在她那里留了好几夜宿。去年正月，因为一位朋友要我去帮他的忙，不得不在兵荒马乱之际，离开北京，西车站的她的一场大哭，又给了我一个很深的印象。

躺在船舱里的棉被上，把银弟和我中间的一场一场的悲喜剧回想起来之后，神经愈觉得兴奋，愈是睡不着了。不得已只好起来，拿了烟罐火柴，想上食堂去吸烟去。跳下了床，开门出来，在门外的通路上，却巧又遇见了那位很像银弟的广东姑娘。我因为正在回忆之后，突然见了她的形象，照耀在电灯光里，心里忽而起了一种奇妙的感觉，竟瞪了两眼，呆呆地站住了。她看了我的奇怪的样子，也好像很诧异似的站住了脚。这时候幸亏同船者都已睡尽，没有人看见；而我也于一分钟之内，回复了意识，便不慌不忙的走过她的身边，对她问了一声："还没有睡么？"就上食堂去吸烟去。

二

从上海出发之后第四天的早晨，听说是已经过了汕头，也许今天晚上可以进虎门的。船客的脸上，都现出一种希望的表情来；天也放晴，“突克”上的人声也嘈杂起来了。这一次的航海，总算还好，风浪不十分大，路上也没有遇着强盗，而今天所走的地方，已经是安全地带了。在“突克”的左旁，一位广东的老商人，一边拿了望远镜在望海边的岛屿，一边很努力地用了普通话对我说了一段话。

太阳忽隐忽现，海风还是微微地拂上面来，我们究竟向南走了几千里路，原是谁也说不清楚；可是纬度的变迁的证明，从我们的换了夹衣之后，还觉得闷热的事实上找得出来，所以我也不知不觉地对那老商人说：“老先生，我们已经接触了南国的风光了！”

吃了早午饭，又在“突克”上和那老商人站立了一回，看看远处的岛屿海岸，也没有什么不同的变化，我就回到了舱里去享受午睡。大约是几天来运动不足、消化不良的缘故，头一搁下枕，就做了许多乱梦。梦见了去年在北京德国病院里死的一位朋友；梦见了两月前头，在故乡和我要好的那个女人，又梦见了几回哥哥和我吵闹的情形；最后又梦见我自家在一家酒店门口发怔，因为这酒家柜上，一盘一盘陈列着在卖的尽是煮熟了的人头和人的上半身。

午后三点多钟，睡醒之后，又上“突克”去看了一次，四面的景色，还是和午前一样，问问同伴，说要明天午后才得到广州。幸而这时候那广东姑娘出来了，和她不即不离地说了几句极普通的话，觉得旅愁又减少于一点。这一晚和前几晚一样，看了几页小说，吸了几支烟，想了些前后错杂的事情，就不知不觉地睡着了。

船到虎门外，等领港的到来，慢慢地驶进珠江，是在开船后第五天的午后三点多钟；天空黯淡，细雨丝丝在下，四面的小岛，远近的渔村，水边的绿

广东虎门林则徐销烟纪念馆雕像

广州珠江白鹅潭夜景

树，使一般船客都心神不定地跑来跑去，在“突克”和舱室的中间行走；南方的风物，煞是离奇，煞是可爱！

若在北方，这时候只是一片黄沙瘠土，空林里总认不出一串青枝绿叶来；而这南乡的二月，水边山上，苍翠欲滴的树叶，不消再说，江岸附近的水田里，仿佛是已经在忙分秧稻的样子。珠江江口，汊港又多，小岛更多，望南望北，看得出来的，不是嫩绿浓荫的高树，便是方圆整洁的农园。树荫下有依水傍山的瓦屋，园场里排列着荔枝龙眼的长行，中间且有粗枝大干，红似相思的木棉花树，这是梦境呢还是实际？我在船头上竟看得发呆了。

“美啊！这不是和日本长崎口外的风景一样么？”同舱的K叫着说。

“美啊！这简直是江南五月的情和景！”同舱的W亦受了感动。

“可惜今天的天气不好，把这一幅好景致染上了忧郁的色彩。”我也附和他们说。船慢慢地进了珠江，两岸的水乡人家的春联和门楣上的横额，都看得清清楚楚。前面老远，在空蒙的烟雨里，有两座小小的宝塔看见了。

“那是广州城！”

“那是黄埔！”

像这样的惊喜的叫唤，时时可以听见，而细雨还是不止，天色竟阴阴的晚了。

吃过晚饭，再走出舱来的时候，四面已经是夜景了。远近的湾港里，时有几盏明灭的渔灯看得出来，岸上人家的墙壁，还依稀可以辨认。广州城的灯火，看得很清，可是问问船员，说到白鹅潭还有二十多里。立在黄昏的细雨里，尽把脖子伸长，向黑暗中瞭望，也没有什么意思，又想回到食堂里去吸烟，但W和K却不愿意离开“突克”。

不知经过了多久，轮船的轮机声停止了。“突克”上充满了压人的寂静，几个喜欢说话的人，又受了这寂静的威胁，不敢作声；忽而船停住了，跑来跑去有几个水手呼唤的声音。轮船下舢板中的男女的声音，也听得出来了，四面的灯火人家，也增加了数目。舱里的茶房，不知道什么时候出来的，这时候也站在我们的身旁，对我们说：“船已经到了，你们还是回舱去照料东西吧！广东地方可不是好地方。”

我们问他可不可以上岸去，他说晚上雇舢板危险，还不如明天早上上去的好，这一晚总算到了广州，而仍在船上宿了一宵。

在白鹅潭的一宿，也算是这次南行的一个纪念，总算又和那广东姑娘同在一只船上多睡了一晚。第二天早晨，天一亮，不及和那姑娘话别，我们就雇了小艇，冒雨冲上岸来了。

广西

文／胡适

一月十一日下午飞到梧州了，在梧州住了一夜，我在广西大学讲演一次，次日在梧州中山纪念堂公开讲演一次。广西大学校长马君武先生是我的老师，校中教职员有许多是中国公学的老朋友，所以我在梧州住的一天是最快乐的。大学在梧州的对岸，中间是抚河（漓水），南面是西江。我们到的太晚了，晚上讲演完后，在老同学谢厚藩先生的家里喝茶大谈。夜深过江，十二日讲演完后，吃了饭就上飞机飞南宁了，始终没有机会参观西大的校舍与设备，这就是用嘴不能用眼的害处了。

十二日下午到南宁（邕宁），见着白健生先生，潘宜之先生，邱毅吾（昌渭）先生等，都是熟人。住在乐群社，是一个新式的俱乐部，设备很好。梧州与南宁都有自来水，内地省份有两个有自来水的城市，是很难得的。白先生力劝我改船期，在广西多玩几天。我因为我的朋友贵县罗尔纲先生的夫人和儿女在香港等候我伴送他们北上，不便改期。十四日罗钧任和罗努生如约到了南宁，白健生先生又托他们力劝，白先生说，他可以实行古直先生们的“真电”，封锁水陆空的交通，把我扣留在广西！后来我托省政府打电报请广西省银行的香港办事处把我和罗太太一家的船票都改了二十六日的胡佛总统船。这样一改，我在广西还可住十二天，尽够畅游桂林山水了。

我在邕宁住了六天，中间和罗努生到武鸣游了一天。钧任飞去龙州玩了一天，回来极口称美龙州的山水，可惜我不曾去。我在邕宁讲演了五次。十九日飞往柳州，住在航空署，见着广西航空界的一般青年领袖。钧任、努生和我在柳州游览了半天，公开讲演一次。二十日上午飞往桂林，在桂林讲演了两次，游览了两天，把桂林附近的名胜大致游遍了。二十二日上午，我和钧任、努生、毅夫，桂林县公署的秘书曹先生，飞机师赵志雄冯星航两先生，雇了船夫游阳朔。在漓水里走了一天半，二十三日下午才到阳朔。在阳朔游览了小半天，我坐汽车赶到良丰的省立师范专科学校讲演一次，讲演后坐汽车赶回桂林，已近半夜了。

二十四日早晨从桂林起飞，本想直飞梧州，在梧州吃午饭，毅夫夫妇约了在广州北面的从化温泉吃晚饭。但那天雾太低了，我们飞过了良丰，还没到阳朔，看前面云雾低压，漓水的河身不宽而两傍山高。所以飞机师赵光生决定折回向西，飞到柳州吃午饭，饭后顺着柳江、浔江飞往梧州，在梧州吃夜饭，打电报到广州去报告那些在从化等我们吃夜饭的朋友们。在梧州住了一夜，二十五日从梧州飞回广州，赶上火车，晚上赶到香港。我们在梧州打电报问明胡佛船是二十六日早晨四点钟就要开的，前一天的大雾几乎使我又赶脱了船期！

这是我在广西的行程。以下先记广西的山水。

广西的山水是一种特异的山水。南宋大诗人范成大在他的《桂海虞衡志》里说得最好：

余尝评桂山之奇宜为天下第一。士大夫落南者少，往往不知；而

漓江竹筏

闻者亦不能信，余生东吴，而北抚辽蓟，南宅交广，西使岷峨之下，三方皆走万里，所至无不登览……其最号奇秀莫如池之九华，歙之黄山，括之仙都，温之雁荡，之巫峡，此天下同称之者。然皆数峰而止耳，又在荒绝僻远之濒，非凡杖间可得；且所以能拔乎其萃者，必因重冈复岭之势，盘亘而起，其发也有自来。桂之千峰，皆旁无延缘，悉自平地崛然特立，玉笋瑶，森列无际。其怪且多如此，诚当为天下第一。……山皆中空，故峰下多佳岩洞。

范氏指出两点特色：第一是诸峰“悉自平地崛然特立，玉笋瑶，森列无际。”第二是“山皆中空，故峰下多佳岩洞。”这两点都是广西山水的特色。这样“怪而多”的山都是石灰岩，和太湖石是同类；范石湖所指出的“山多中空，故多佳岩洞”，也正和太湖石的玲珑孔窍同一个道理，在飞机上望下去，只看见一簇一簇的圆锥体黑山，笋也似的矗立着，密密地排列着，使我们不能不想着一千多年前柳宗元说的名句：“桂州多灵山，发地峭坚，林立四野。”这种山峰并不限于桂林，广西全省有许多地方都有这种现象。我们在飞机上望见贵县的南山诸峰，也是这样的。武鸣的四围诸山，也是这一类。我们所游的柳州诸山，还有我们不曾去游的柳州北面融县真仙岩一带的山岩，也都和桂林阳朔同一种类。地质学者说，这种山岩并不限于广西一省，贵州的山也属于这一类。翁文灏先生说，这种山岩，地质学家称为“喀尔斯特”山岩（Karstic），在世界上，别处也有，但广西贵州要算全世界最大的统系了。

徐霞客记广西的山水岩洞最详细，他在广西游了一年，——从崇祯丁丑（1637）闰四月初八到次年三月二十七——写游记凡八万字，即丁文江标点本（商务印书馆出版，附地图）卷四至卷七。这是三百年前的游记，我们现在读了还不得不佩服那一位千古奇人脚力之健，精力之强，眼力之深刻，与笔力之细致。我们要知道广西岩洞的奇崛与壮美，不可不读徐霞客的游记，未游者固然应该读，已游者也不可不读。因为三百年来，还没有第二个人有这样伟大的好奇心，费这样长久的时间，专搜访自然的奇迹，作那么详细的记载。他所游的，往往有志书所不载，古今人所不知，或古人偶知而久无人到又被丛莽封塞了的。所以读过徐霞客粤西游记的人，真不能不感觉我们坐汽车匆匆游山的人真不配写游记：不但我们到的地方远不如他访搜所得的地方之多，我们到过的地方，所看见的，所注意到的，也都没有他在三百年前攀藤摩挲所得的多而且详尽。

凡听说桂林山水的，无人不知道桂林的独秀峰。图画上的桂林山水，也只有独秀峰最出名。徐霞客游遍了广西的山水，只不曾登独秀峰，因为独秀峰在桂林城中，圈在靖江王府里，须先得靖江王的许可，外人始得登览。徐霞客运动王府里的和尚代为请求，从五月初四日直到六月初一日，始终不得许可，他大失望而去。游记中屡记此事，最后记云：

> 五月二十九日，入靖藩城，订独秀期，主僧词甚辽缓。予初拟再至省一登独秀，即往柳州。至此失望，怅怅。
>
> 六月初一日，讹传流寇薄衡水，藩城愈戒严，予遂无意登独秀。独秀山北西临池，西南二麓予俱已浇其下，西岩亦已再探，惟东麓与绝顶未登。其他异于他峰者，只亭阁耳。

独秀峰现在人人可以登临了。其此峰是桂林诸峰中的最低小的，高不过一百多尺！有石级可以从山脚盘旋直上山顶，凡三百六十级，其低可想！此峰所以独享大名，也有理由。徐霞客已说过："其异于他峰者，只亭阁耳"，现时山腰与山顶尚有小亭台可供游人休憩，是一胜。此山在城中，登山可望全城和四围山水，是二胜。诸峰多是石山，无大树木，独秀峰上稍有树木，是三胜。桂林诸大山以岩洞见奇，然而岩洞都是可游而不可入画的；独秀峰无岩洞，而娇小葱茏，有小亭阁，最便于绘画，故画家多喜画独秀，是四胜。有些四胜，就使此峰得大名！徐霞客两度到桂林，终以不得登独秀峰为憾事。我们在飞机上下望桂林附近的无数石山，几乎看不见那座小小的石丘，颇笑徐霞客的失望为大不值得！

徐霞客最称赏柳州北面融县的真仙岩，游记中有“真仙为天下第一”之语。可惜真仙岩我们没有去；我们游的岩洞，最大的是桂林七星山的岩洞。这岩洞一口为栖霞洞，一口为曾公岩，徐霞客从栖霞洞进去，从曾公岩出来，依他的估计，“自栖霞达曾公岩，径约二里；复自岩口出入盘旋三里？”我们从曾公岩进去，从栖霞出来，共费时五十五分钟。向导的乡人手拿火把（用纸浸煤油，插入长笔直筒的一头），处处演说洞里石乳滴成的种种奇异形状：“这是仙人棋盘，那是仙人种田，那是金钟对玉鼓，这是狮子对乌龟，那是摩天岭，这是观音菩萨，那是骊山老母，……”那位领头用很清楚的桂林话一一指给我们看，说给我们听，真如数家珍。洞中有一股泉水，有些地方水声很大。洞中石乳确有许多很奇伟的形态。我们带有手电筒。又有两三盏手提汽油灯，故看得比较清楚。洞中各处皆被油烟薰黑，石壁石乳，手偶摩抚，都是煤黑。徐霞客记他来游时，向导者用松明照路。千百年中，游人用的松明烟与煤油烟。把洞壁都薰黑了。其实这种岩洞大可装设电灯，可使洞中景物都更便于赏观，行路的人可以没有颠跌的危险，也可以免除油烟薰塞的气闷。向来做向导的村人，可以稍加训练，雇作看洞和导游的人，而规定入门费与向导费，如此则游人不以游洞为苦。若如现状，则洞中幽暗，游人非多人结伴不敢进来，来者又必须雇向导，人太少又出不起这笔杂费。

曾公岩是因曾布得名。曾布在元丰初年以龙图阁待制出外，知桂州。他是一个有文学训练的政治家，在桂时，游览各岩洞，到处都有他的刻石题名，不止此一处。

七星山的岩洞，据徐霞客的几次探访搜寻，共有十五洞，他说：

此山岩洞骈峙：栖霞在北，下透山之东西，七星在中，曲透西北出：碧虚在南，以东西上透。二穴并悬，六门各异。北又有“朝雪”“高峙”两岩，皆西向。此七星山西面之洞也，洞凡五。……曾公岩西又有洞在峰半，攀莽上，洞口亦东南向。……此处岩洞骈峙者亦三。曾公岩北下同列者又有二岩。……此七星山东南之洞也，洞凡五。

若前麓省春三岩，曾仙一岩，旁又浅洞一，则七星北面之洞也，洞凡五。一山凡得十五洞云。

我们所游，其实只是十五洞之一！我们在洞里，固是迷不知西东，出了岩洞，还是杳不知南北。看徐霞客连日攀登，遍游诸洞，又综合记叙，条理井然，我们真不能不惭愧了！

七星山的对面就是龙隐岩，在月牙山的背后，洞的外口临江，水打沙进洞，堆积颇高，故岩上石刻题名有许多已被沙埋没了。龙隐岩很通敞，风景很美。岩外摩崖石刻甚多，有狄肯等“平蛮三将题名”碑，字迹完好。

龙隐岩往西，不甚远，有小屋，我们敲门进去，有道士住在里面，此屋无后墙，靠山崖架屋，屋上石刻题记甚多，那最有名的“元枯党籍碑”即在此屋后。我久想见此碑，今日始偿此愿”。元枯党籍于徽宗崇宁元年（1102），最初只有九十八人，那是真正元枯（1086～1093）反新法的领袖人物。徽宗皇帝亲写党籍，刻于端礼门：后来又令御史台抄录元枯党籍姓名“下外路州军，于监司门吏厅，立石刊记”。到崇宁三年（1104）六月，又把元符末（1100）和建中靖国（1101）年间的“奸党”和“上书诋讥”，诸人一齐“通入元祐籍，更不分三分”。（三等是原分“邪上尤甚”，“邪上”，“邪中””等。）这个新合并的党籍，共有三百九十人，刻石朝堂，此碑到崇宁五年正月，因彗星出现，徽宗下诏毁碑，“如外处有奸党石刻，亦令除毁”。除毁之后，各地即无有此碑石刻，现今只有广西有两处摩崖刻本，一本在融县的真仙岩，刻于嘉定辛未（1211）：

桂林农耕图

一本即是桂林龙隐岩附近的摩崖，刻于庆元戊午（1198）：这两本都是南宋翻刻的。桂林此本乃是用蔡京写刻拓翻刻的，故字迹秀挺可爱。两本都是三百九十人，已不是真正元枯党籍了，其中如章、曾布、陆佃等人，都是王安石新法时代的领袖人物，后来时势翻覆，也都列名奸党籍内，和司马光、吕公著诸人做了同榜！

广西的岩洞内外，有唐宋元明的名人石刻甚多。石灰岩坚固耐久，历千百年尚多保存很完整的。如舜山的摩崖“舜庙碑”，进唐建中元年（780）韩云卿所立，距今已一千一百五十五年了。又如我们从楼霞洞下山，路旁崖上有范成大题名，又有张孝祥题名，这都是南宋大文人，现在都在路旁茅草里，没有人注意，此类古代名人题记，往往可供历史考据，其手书石刻更可供考证字画题跋者的参考比较。广西现有博物馆，设在南宁：我们盼望馆中诸公能作系统的搜访，将各地的古石刻都榻印编纂，将来可以编成一部“广西石刻文字”，其中也有不少历史的材料。

舜山有洞，名韶音洞，虽不甚深，而风景清幽，洞中有张（南轩）的“韶音洞记”石刻，字小，已不能全读了。洞前有庙，我们登楼小坐，前有清流，远望桂林诸山，在晚照中气象很雄伟。

城中人士常游的为象鼻山，伏波山，独秀峰，风洞山。其中以风洞山的风景为最胜。风洞山有北洞，虽曲折而多开敞之处，空气流通，多凉风，故名风凉，有小亭阁，下瞰江水，夏日多游人在此吃茶乘凉。

广西人说：“桂林山水甲天下，阳朔山水甲桂林”。我们游了桂林，决定坐船去游阳朔。一路上饱看漓水（抚河）的山水，但是因为我要赶香港船期，所以到了阳朔，只有几个钟头可以游览了。在小雨里，我们坐汽车到青厄渡，过渡后，下车泛览阳朔诸峰，仅仅能看一个大概。阳朔诸山也都是石山，重重叠叠，有作牛角支尖的，有似绝大石柱上半截被打断了的，有似大礼拜寺的，有似大石龟昂头向天的。远望去，重峰列岫，行列凌乱，在轻烟笼罩中，气象

广西桂林阳朔风光

确是很奇伟。桂林诸山稍稍分散，阳朔诸山紧凑在江上；桂林诸山都无树木，此间颇有几处山上有大树木，故比较更秀丽。

但我们实在有点辜负了阳朔的山水，我们把时间用在船上了，到了这里只能坐汽车看山，未免使山水笑人。大概我们误会了“阳朔山水必须用船去游”的意思。我后来看徐霞客的游记。始知阳朔诸山都可以用船去细细游览。我们若再来，可以坐汽车到阳朔，然后雇船去从容游山。阳朔诸山也多岩洞，徐霞客所记龙洞岩、珠明洞、来仙洞，都令人神往；其中珠明洞凡有八门，岩奇伟。我们没有攀登一处的岩洞，颇失望。

但我们这回坐船游阳朔，也有很好的收获。徐霞客游记里没有提到“光岩”，我们却有半夜游光岩的豪举。光岩是刘毅夫先生前年发现的，所以他力劝我们坐船游阳朔，一半也是为了要游光岩。船到光岩时，已半夜了，我们都睡了。毅夫先生上岸去，先雇用竹筏进去探看，出来时他把竹筏火把都准备好了，然后把我们都从睡梦里轰起来，跟他去游洞，光岩口洞临江，洞甚空敞，洞里石乳甚多而奇，有明朝游人石刻甚多。毅夫前年曾探此洞，偶见洞后水面上还有小洞，洞口很低，离水面不过两三尺，毅夫想出法子来，用竹排子撑进去探险，须全身弯倒始能进去，进去后，他发现里面还有很奇的岩洞，为向来游人所未曾到过。所以他很高兴，在第一洞石壁上题字指示游人深入探奇。今夜他带领我们进洞口，石壁上他的墨笔题记还如新的。我们一班人分坐三个竹排子，排子上平铺着大火把，大家低头弯腰，进入第二洞。里面共有三层大洞，都很高大，有种种奇形的石乳，最后一洞内有石乳作荷藕形，凡八九节，须节都全，绝像真藕，每一洞内教师有沙涨成滩，都是江水打进来的。每过一洞口，都须低头用手攀住上面岩石，有时撑排的人都下水去用手推竹排子。第二洞以后，石壁上全无前人题刻，大概古人都不知有这些幽境。毅夫为游此洞，在桂林特别买了一个价值十七元的大电筒，每进一洞，他用大电筒指示各种石乳给我们看。他说，最后一洞的顶上有三个小洞透入光线，也许“光岩”

之名是从那里来的。晚间我们当然看不见那三处透光的小洞。但我想里洞既非前人所熟知，光岩之名未必起于这透光的小孔，大概因前洞高敞通明，故得光岩之名。此洞之发现，毅夫之功最多，最后一洞大可以题作“沛泉洞”（毅夫名沛泉），毅夫说，此洞颇像浙西金华的双龙洞。

徐霞客记他从阳朔回桂林的途中，“舟过水绿村北七里，西岸一岩，门甚高敞，东向临江，前垂石成龙，曰蚊头岩”，其地在与平之南约三里，不知即是光岩否。

漓水的一日半旅程，还有一件事足记。船上有桂林女子能唱柳州山歌，我用铅笔记下来，有听不明白的字句，请同行的桂林县署曹文泉科长给我解释。我记了三十多首，其中有些是绝妙的民歌。我抄几首最可爱的在这里：

（一）

燕子飞高又飞低，两脚落地口衔泥。
我两二个先讲过，贫穷落难莫分离。

（二）

石榴开花叶子青，哥哥年大妹年轻。
妹子青轻不懂事，哥哥拿去耐烦心。

（三）

大海中间一枝梅，根稳不怕水来推。
我们连双先请过，莫怕旁人说是非。

（四）

如今世界好不难！井水不挑不得干。
竹子搭桥哥也过，妹妹跌死也心甘。

（五）

高山高岭一根藤，藤上开花十九层。

云南洱海自然风光

广西桂林阳朔风光

你要看花尽你看，你要摘花万不能。

（六）

要吃笋子三月三，要吃甜藕等塘干。

要吃大鱼长放线，想连小妹耐得烦。

（七）

买米要买一斩白，连双要连好脚色。

十字街头背锁链，旁人取笑也抵得。

（八）

妹莫愁来妹莫愁，还有好日在后头。

金盆打水妹洗脸，象牙梳子妹梳头。

（九）

大塘干了十八年，荷叶烂了藕也甜。

刀切藕断丝不断，同心转意在来年。

我们在柳州的时间太短，只游了几次名胜之地。柳州城三面是江；我们在飞机上看柳江从西北来，绕城一周，往东北去。空中望那有名的立鱼山，真有点像个立鱼。那天下午，我们去游立鱼山，有岩洞很玲珑，我们匆匆不曾遍游。傍晚我们去游罗池柳宗元祠堂；有苏东坡写的韩退之罗池庙碑的《迎享送神辞》大字石刻。退之原辞石刻有“春与猿吟兮秋鹤与飞”一句，颇引起后人讨论。今东坡写本此句直作“春与猿吟兮秋与鹤飞，此当是东坡从欧阳永叔之说。以“秋鹤与飞”为石刻之误，故改正了。石刻原碑也往往可以有错误，其误多由于写碑者的不谨慎。罗池庙碑原刻本有误字后经刊正，见于东雅堂韩集校语。后人据石本，硬指“秋鹤与飞”为有意作倒装健语，似未必是退之本意。

我们从阳朔回桂林时，路上经过良丰的师范专科学校，我在那边讲演一次。其地原名雁山。也是一座石山，岩壑甚美，清咸丰同治之间，桂林人唐岳买山筑墙，把整个雁山围在园里，名为雁山园，后来园归岭春煊，岭又转送给省政府，今称为西林公园，用作师专校址，现有学生二百三十人。我们到时，天已黑了；讲演完始吃晚饭，晚饭后，校长罗尔先生和各位教员陪我们携汽油灯游雁山。岩洞颇大，中有泉水，流出岩外成小湖。洞中多凉风，夏间乘凉最宜。洞中多石乳，洞口上方有石乳所成龙骨形，颇奇突。园中旧有花树三千种，屡次驻兵，花树多荒死，现只存几百种了。有绿萼梅，正开花，灯光下奇艳逼人。校中诸君又引我们去看红豆树，树高约两丈余。教员沈君说，这株红豆树往往三年才结子一次。沈君藏有红豆，拿来遍赠我们几个同游的人。红豆大于檀香山的相思子约一倍，生在豆夹里，夹长约一寸半。

游岩洞时，我问此岩何名，他们说："向来没有岩名，胡行生何不为此岩取一个名字，作个纪念？"我笑说"此去不远有条相思江，岩下又有相思红豆树，何不就叫他做相思岩？"他们都赞许这个名字。次日我在飞机上想起这个相思岩来，就戏仿前夜听得的山歌，作小诗寄题相思岩：

相思江上相思岩，
相思岩下相思豆。
三年结子不嫌迟，
一夜相思叫人瘦。

这究竟是文人的山歌，远不如小儿女唱的地道山歌的朴素而新鲜。

那天我在空中又作了一首小诗，题为"飞行小赞"：

看尽柳州山，
看遍桂林山水，
天上不须半日，
地上五千里。
古人辛苦学神仙，
要守百千戒。
看我不修不炼，
也凌云无碍。

汕头与潮州

文 / 杜重远

汕头为广东重要商埠，南通南洋，北达淞沪，商务发达，帆轮云集，由沪赴香港赴广州者必经之区，实南北交通之孔道也。

市中人口十七万许，商户八千余家，多半营出入口事业。出口之大宗首推抽纱，年达五百余万圆；次为瓷器，年达二三百万圆不等。抽纱纯系女子的手细工，即棉纱或麻纱抽成种种之花纹，用以敷桌或作物垫之用，欧美士女极爱用之，故有许多西商专作此种营业，运售于彼邦，汕头左近之妇女几乎人手一方，成为家庭中之重要生产事业。

瓷器之产地为枫溪与高陂。枫溪距汕头约七十余里，交通有潮汕铁路。瓷质粗松，耐火度不高，多系陶器，年产约在百万圆左右。高陂距汕头约二百二十里许， 交通赖韩江之便，瓷质细密，耐火度甚高，最佳品可比江西之景德镇产品，年产约在二百万圆左右。两者重要之销场全在南洋，惜乎作法守旧，式样粗劣，近为倭邻 大宗之机械品所压倒。

汕头气候虽较上海为热，然夏令多雨，且忽雨忽晴，阴云蔽日，凉风四起，并无溽暑之苦。汕人无论男女老幼，多短服，跣足，着木覆，行声嗒嗒，颇有岛国风 味。市中有中山公园，系民国十五年所建设。园中有假山真水，花坛竹木，布置极为雅洁，全园系半湖半陆，湖中小船荡漾，出没于假山之间，颇有小西湖之概。陆 地设有足球场、篮球场、手球场及天桥木马等物，专供市民运动之需。惜乎市民无此清福，尽为穿灰服载圆帽者所专用。

汕市每岁出口货约值二千五百万圆，入口货约值六千万圆，此溢出之数，全赖华侨每岁汇款以补偿之。华侨汇款最多时每岁可入四千八百余万圆，近以南洋事业不振，华侨多无生机，故去岁汇款仅在三千三百万圆左右。

粤胞心灵手巧，性坚忍，尤富于冒险，观于制造品之敏速及航游遍世界二事，可以证之。惟赌兴豪勃，到处表现，旅馆中牌声震耳，夜以继日，是则吾国各处旅舍特有之现象，固无论矣；漫游街中见有高悬牌匾，上书“山铺票”及“山铺新票”等字样。余初以为山西票庄之意，乃详视室中，战士数人，或数十人，环聚一案，大赌特赌，毫无羞涩避忌之态，是又开一新眼界矣！

后赴枫溪考察瓷业，乘潮汕铁路，阅一时半即至。潮汕铁路纯为商办，内部虽不十分完备，然能准时开车，准时抵站，已属难得。车分头二三等。三等皆普通乘 客，买票登车，毫无揩油；二等则买票者与不买票者参半，且多有以三等票乘二等车者，查票员检票时，亦不敢深予追问，盖恐其背后皆有枪阶极，动辄享以“耳 光”之答礼！头等多系灰色的朋友，手持长枪，足登革履，大声喧嚷，怒目横眉，一若非如此不足以表示出彼等之虎威也者。须有较高之长官同来时，则此辈方肯减格入坐于二等中。至枫溪，详查瓷器制法，仍是几百年前之旧式，以牛蹄蹈土，以老妇臼泥，惟辘轳昔用木制，今改洋灰，昔用手转，今改足登。制造之速，实远出于江西湖南工人之上，是即粤工心灵手巧处。但样式古老，不适于用，是则无人能为改弦更张者。至于窑长费火，种种消失，较诸以机械制造以科学管理者更不可同日而语也。

枫溪视察后越一日赴潮州，即韩文公被贬之地，道途整齐，商贾林立，远

潮州会馆

潮州的古老建筑

非韩公贬谪时代所可比拟。韩公之古迹甚多，惜事忙不及细览。由潮州改乘小火轮渡韩 江，历二十小时而至高陂。此地为瓷业之中心，瓷店一百二十余家，瓷户两千余户，环绕于五六十里范围之内，工人三四万人，直接间接赖此以求食者不下四十万 众，瓷业与地方关系之重要概可知矣！制法与枫溪同，特以瓷质优良，卖价较高，然近以南洋商业凋敝，外瓷充斥，价值日就低廉，益以瓷户素无积蓄，所需经费多贷自瓷店，而瓷店又转贷自外商，辗转盘剥，利息殊大，此亦瓷业不振之一大原因也。

岳阳楼

文 / 叶紫

诸事完毕了，我和另一个同伴由车站雇了两部洋车，拉到我们一向所景慕的岳阳楼下。

然而不巧得很，岳阳楼上恰恰驻了大兵，“游人免进”。我们只得由一个车夫的指引，跨上那岳阳楼隔壁的一座茶楼，算是作为临时的替代。

心里总有几分不甘。茶博士送上两碗顶上的君山茶，我们接着没有回话。之后才由我那同伴发出来一个这样的议论：“不入虎穴，焉得虎子！”我们不如和那里面的驻兵去交涉交涉！”

由茶楼的侧门穿过去就是岳阳楼。我们很谦恭地向驻兵们说了很多好话，结果是：不行!

心里更加不乐，不乐中间还带了一些儿愤慨的成分，闷闷地然而又发不出脾气来。这时候我们只好站在城楼边，顺着茶博士的手所指着的方向，像看电影画面里的远景似的，概略地去领略了一点儿“古迹”的皮毛。我们知道了那兵舍的背面有一块很大的木板，木板上刻着的字儿就是传诵千古的《岳阳楼

湖南洞庭湖边清代岳阳楼

元朝夏永绘的《岳阳楼图》

记》。我们知道了那悬着一块“官长室”的小牌儿的楼上就是岳阳楼。那里面还有很多很多古今名人的匾额，那里面还有纯阳祖师的圣像和白鹤童子的仙颜，那里面还有——据说是很多很多，可是我们一样都不能看到。

“何必呢？”我的同伴有点不耐烦了，“既然逛不痛快，倒不如回到茶楼上去看看山水为佳！”

我点了点头。茶博士这才笑嘻嘻地替我们换上两壶热茶，又加上点心和瓜子，把座位移近到茶楼边上。

湖，的确是太美丽了：淡绿微漪的秋水，辽阔的天际，再加上那远远竖立在水面的君山，一望简直可以连人们的俗气都洗个干净。小艇儿鸭子似的浮荡着，像没有主宰；楼下穿织着的渔船，远帆的隐没，处处都欲把人们吸入到图画里去似的。我不禁兴高采烈起来了：“啊啊，难怪诗人们都要做山林隐士，要是我也能在这里作一个优游水上的渔民，那才安逸啊。”回头，我望着茶博士羡慕似的笑道：

“喂！你们才快活啦！”

“快活？先生？”茶博士莫名其妙地吃了一惊，苦笑着。

“是呀！这样明媚的湖山，你们还不快活吗？”

“快活！先生，唉！……”茶博士又愁着脸儿摇了摇头，半晌没有下文回答。

我的心中却有点儿生气了。也许是这家伙故意来扫我的兴的吧，不由得追问了他一句：“为什么不快活呢？”

“唉！先生，依你看也许是快活的啊……”

“为什么呢？”

“这年头，唉！先生，你不知道呢！”茶博士走近前来：“光是这岳阳楼下，唉！不像从前了啊！先生，你看那个地方就差不多每天都有人来上吊的！”他指那悬挂在城楼边的一根横木，“三更半夜，驾着小船儿，轻轻靠到那下面，用一根绳子……唉！一年到头不知道有多少啊！还有跳水的……”

“为什么呢？”

“为什么！先生，吃的、穿的，天灾、水旱、兵，鱼和稻又卖不出钱，捐税又重……”看他的样子像欲哭。

“那么，你为什么也不快活呢？”

“我，唉！先生，没有饭吃，跑来做堂倌，偏偏又遇着老板的生意不好……”

“啊——”我长长地答了一声。

接着，他又告诉了我许多许多。他说：这岳阳楼的风水很多年前就坏了，现在已经不能够保岳州的人了，无论是种田、做生意、打鱼、开茶馆……没有一个能够享福赚钱的。纯阳祖师也不来了，到处都是死路了。湖里的强盗一天一天加多，来往的客商都不敢从这儿经过，尤其是游君山和游岳阳楼的，近年来差不多快要绝踪。况且，两个地方都还驻扎着军队……

我半晌没有回话。一盆冷水似的，把我的兴致都泼灭了。我从隐士和渔民的幻梦里清醒过来，头不住地一阵阵往下面沉落！我低头再望望那根城楼上的横木，望望那些渔船，望望水，望望君山，我的眼睛会不知不觉地起着变化，变化得模里模糊起来，黑暗起来，美丽的湖山全部幻灭了。我不由得引起一种内心的惊悸！

之后，我催促着我的同伴快些会过账，像战场上的逃兵似的，我便首先爬下了茶楼，头也不回地，就找寻着原来的路道跑去。

一路上，我不敢再回想那茶博士所说的那些话。我觉得我非常庆幸，我还没有真正地做一个岳阳楼下的渔民。至少，在今天，我还能够比那班渔民们多苟安几日。

独秀峰

文／谢冰莹

洁妹：

这几天来的生活，实在过的太有趣了！不是穿洞，就是爬山。虽然每天游罢归来，一双腿子酸痛不能举步，但我一句疲倦的话也不敢说。我希望两星期以内把所有桂林的名胜都游遍；不过玩的地方实在太多了，而走马看花又得不到深刻的印象，能否在预定的日子内游完，还没有十分把握。

我懊悔没有强迫你同来，这儿的山水虽没有江南的秀丽，没有泰山的伟大，但它是另具一种突然而起、戛然而止的风格。韩愈曾写过“山如碧玉簪”，柳宗元也说过“拔地峭起，林立四野”，但我觉得韩柳的形容，还不及刘治叔的“环城五里皆奇石，疑是虚无海上山”来得恰当。

的确，桂林的山是奇特的。水像海水一般碧绿，岩洞之曲折幽深，更有说不尽的奇美，“桂林山水甲天下”，一点也不算夸大，只要有七星岩和独秀峰存在，就可受之无愧了。

我已经两次游了独秀峰了，尤其今天特别痛快。爬上峰巅时正值大雨，而下来时又是红光满照，两个绝对不同的风景，我都领略到了，现在不嫌麻烦，就详细地告诉你吧。

独秀峰在城内中山公园中，孤峭独立，奇秀森严。虽然只有五十余丈高，但看来好像是耸入云霄一般。峰的东面，岩石重叠，刻有“紫袍金带”、“戛然独立”、“南天一柱”等字，草木不生，望之危然！峰顶上的小亭，隐约可见。靠着右边走去，峰北有一深池，名叫“月牙”。旁有小亭曰“砺俗”。

转到了峰西，景物又不同了：岩隙壁缝之间，草木丛生，清翠欲滴，抬头四望，高不见顶，仍折而南。这儿有石径螺旋，可直达山顶，旁有一洞叫“太平岩”。我好几次来游公园，都没有发现这里有洞，今天和维两人来游，突然跑了进去。起初从外面看来，似乎闭塞不能通行。稍微前进，上面悬岩由高而低，像煤窑一般渐渐的低到黑暗不可再进的地步。又前进数步，豁然开朗，有光从外面圆洞内射进来，一棵大石柱，悬空而垂，两边的岩石有些像蜂窝，有些像螳螂的卵囊，奇形怪状，不胜枚举。抱着大石柱，沿着石阶爬上去，又是另一幅画图了：悬岩像一座大山的倒影映入水中，俯瞰洞内，感到一种说不出的神秘之美。

洞，本来可通外面，但我们为了爱那只天然石柱，仍然由原路出来。

从山脚至峰顶，共有三百零六个石阶，虽然每个还不到一尺高，但因为路很狭窄，所以走起来深感困难。有位朋友的哥哥，两次来游桂林，先后住过一年，游公园的次数，至少在五十次以上，但他始终没有爬上去，有时鼓起勇气走到半途，往下一看，忽觉独立危崖，摇摇欲坠，于是连忙跑了下来，以后他连山顶望都不敢望了。

过了第一关允升，就是小谢亭。原名叫做“小憩”。嘉庆年间亭破烂不堪，有一位叫谢方山的出资修理，游人感激，故以小谢为亭名。

一路上，到处都可见到题字刻诗很多，但很少有好的句子，“螺磴穿云”、“昆仑柱立”、“中天砥柱”、“拔地参天”，以及江苏胡午亭的诗句："此峰秀峭挺然立，一笔通天独自成"，算是能形容独秀蜂于万一的句子。

刚到山巅，天忽然下起大雨来了，初是像铜钱一般大的雨点，接着是乌云满布，电闪四射，雷声隆隆了。大雨倾盆，我紧紧地抱住维，心头突突地跳，生怕这峰忽然倒了下来，或者暴风把我们吹到不知什么地方去。

"傻孩子，不要怕，有我在这里，任天翻地覆，也没有什么关系的。"

不知怎的，经他一说，胆量忽然大起来了！抽出望远镜一见，四周的山，都浸在烟雨濛濛中，若隐若现。雨点落在漓江里，像珠玉从天空里撒下一般。更奇丽的，是水从峰顶倾泻下来，循着磴道，蜿蜒而下，水流的很急，响声特大，有如千兵万马，巨浪滔滔。雨下的越大，远近的风景越显得美丽，尤其在打雷闪电的一刹那，似乎独秀峰已离开地面悬在半空中飘荡，而我们已随着那道红光，飘飘然羽化而登仙了！

坐在亭子里的石桌上，雨点不住地吹进来，全身几乎都湿了。但不到半个钟头，突然雨止云开，四野的景物，又历历入目。东望漓江如带，伏波山屹立江滨，俨如孤岛。二老横卧于西（即老人峰与老君洞），象鼻、穿山、斗鸡诸岩复绕于南，其他叠彩山、普陀山、栖霞寺都可很清楚地看到。

从前这里是明末桂王的御花园，谁都不能进来。传说有一个"名闻天下"的文学家来游桂林，一切风景都游遍了，只没有看到独秀峰。想尽了方法，总不得其门而入，最后等候了三年，上过不知多少奏章，仍不得允许。乃以数百金收买看门人，不料被上面有司知道，即将看门的革退，于是这位梦想着游独秀蜂的文学家，目的没有达到，还得抱头鼠窜。

这虽然只是一个故事，但也可见独秀蜂在桂林山水中是占如何重要的位置了。

桂林独秀峰

在赣江上

文 / 冯至

在赣江上，从赣州到万安，是一段艰难的水程。船一不小心，便会触到礁石上。多么精明的船夫，到这里也不敢信任自己，不能不舍掉几元钱，请一位本地以领船为业的人，把整个的船交在他的手里。这人看这段江水好似他祖传下来的一块田，一所房屋，水里块块的礁石无不熟识；他站在船尾，把住舵，让船躲避着礁石，婉转自如，像是蛇在草里一般灵活。等到危险的区域过去了，他便在一个适当的地方下了船，向你说声“发财”。

我们从赣江上了船，正是十月底的小阳天气，顺水又吹着南风，两个半天的功夫，便走了不少的路程。但到下午三点多钟，风向改变了，风势也越来越紧，领船的人把船舵放下，说；“前面就是天柱滩，黄泉路，今天停在这里吧。”从这话里听来，大半是前边的滩过于险恶，他虽然精于这一带的情形，也难保这只风里的船不触在礁石上。尤其是顾名思义，天柱滩，黄泉路，这些名称实在使人有些懔然。

才四点钟，太阳还高高的，船便泊了岸，船夫抛下了锚。四下一望，没有村庄。大家在船里蜷伏了多半天，跳下来，同往常一样，先是深深地呼吸几下，全身感到轻快。不过这次既看不见村庄，水上也没有邻船，一片沙地接连着没有树木的荒山，不管同船的孩子们怎样在沙上跳跃，可是风势更紧了，天空也变得不那样晴朗，心里总有些无名的恐惧：水里嶙峋的礁石好像都无情地挺出水面一般。

我个人呢。妻在赣州病了两个月，现在在这小船里，她也只是躺着，不能坐起。当她病得最重，不省人事的那几天，我坐在病榻旁，摸着她冰凉的手，好像被她牵引着，到阴影的国度里旅行了一番。这时她的身体虽然一天天地健康起来，可是她的言谈动作，有时还使我起一种渺茫的感觉。我在沙地上绕了两个圈子，山河是这般沉静，便没精打采地回到船上去了。

"这是什么地方？"她问。

"没有村庄，不知道这地方叫作什么。"

…………

风吹着水，水激动着船，天空将圆未圆的月被浮云遮去。同船的孩子们最先睡着了。我也在此起伏不定的幻想里忘却这周围的小世界。

睡了不久，好像自己迷失在一座森林里，焦躁地寻不到出路，远远却听见有人在讲话。等到我意识明了，觉得身在船上的时候，树林化作风声，而讲话的声音却依然在耳，这一个荒凉的地方那里会有人声呢？这时同船的K君轻轻咳嗽了一下。

"我们邻近停着小船吗？"我小声问。

"不远的地方好像看见过一只，"K君说。"你听，有人在讲话，好像是在岸上。"

"现在已经十二点半了——"K君擦着一枝火柴，看了表，说出这句话，更加增加我的疑虑。

此外全船的人们还是沉沉地睡着。

赣州古浮桥

江西赣州夏浒古村落

我也怀着但愿无事的侥幸心理又入了半睡状态。不知过了多少分钟，船上的狗大声地吠起来了；船上的人都被狗惊醒，而远远的讲话声音不但没有停住，反倒越听越近。我想，这真有些蹊跷了。

船上的狗吠，船外的语声，两方面都不停息；又隔了一些时，勇敢的K君披起衣服悄悄地走出船舱。这时全船的人都惊醒着，屏息无声，只有些悉索的动作：人人尽可能地把身边一点重要的物件，往不为人注意的地方放：柴堆里，炉灰里，舱篷的隙缝里……大家安排好了，静候着一件非常的事。

前后都是滩，风把船拘在这里，不能进也不能退，好像是在个魔术师手里。我守着大病初愈的妻，不知做什么事才好。忽然黑暗的船舱出现了一道光，是外边河上从舱篷缝里射进来的；这光慢慢地移动，从舱前移到舱后，分明是那河上放光的物体从我们船后已移到船头了。这光在船舱后消逝了不久，又有一道光射到舱前，仍然是那样的移动。

全船在静默里骚动着，妻的心房跳动得很快，只是小孩子们睡得沉沉的。

K君走进来了，轻轻地说，远远两只划子，一只在前，一只在后，船头都燃着一堆火，从我们的船旁划过。每支划子上坐着两个人，这不是窥探我们船上的虚实吗？

我听了K君的话，也走到舱外。暗银色的月光照彻山川，两团火光在急流的水上越走越远了。这是他们去报告他们的伙伴呢，还是探明了船上的人多，没有敢下手呢？

我望着那两切火光，尽在发呆，狗吠停止了，划子上的语声也听不见了。除去这满船的猜疑和恐惧外，面前是个非人间的、广漠的、原始般的世界。

最后船夫走到我身边；他大半被这满船客人的骚动搅得不能安静地躺在被里了。他说，不要怕，这地方一向是平静的。

“那么夜里这两只划子是做什么的呢？”

“那是捉鱼的。白天江上来往的船只多，不便捉鱼。夜静了，正是捉鱼的好时候。鱼见了火光便都跟随着火光聚拢起来。你看，那两只划子的下面不知有多少鱼呢……”

我恍然大悟，顿时想到“渔火”两个字。

…………

第二天早晨，风住了，船刚要起锚，对岸划来一只划子，上边有两个渔夫。他们好像是慰问我们昨夜的虚惊，卖给我们两条又肥又美的鳜鱼。

妻，幼年生长在海边，惯于鱼虾，对着这欢蹦乱跳的鱼，脸上浮现出病后的第一次健康的微笑。

灵山秀水

梅雨潭

文 / 朱自清

我第二次到仙岩的时候，我惊诧于梅雨潭的绿了。

梅雨潭是一个瀑布潭。仙瀑有三个瀑布。梅雨瀑最低。走到山边，便听见花花花花的声音；抬起头，镶在两条湿湿的黑边儿里的，一带白而发亮的水便呈现于眼前了。

我们先到梅雨亭。梅雨亭正对着那条瀑布。坐在亭边，不必仰头，便可见它的全体了。亭下深深的便是梅雨潭。这个亭踞在突出的一角的岩石上，上下都空空儿的，仿佛一只苍鹰展着翼翅浮在天宇中一般。三面都是山，像半个环儿拥着，人如在井底了。这是一个秋季的薄阴的天气。微微的云在我们顶上流着，岩面与草丛都从润湿中透出几分油油的绿意。而瀑布也似乎分外的响了。那瀑布从上面冲下，仿佛已被扯成大小的几绺，不复是一幅整齐而平滑的布。岩上有许多棱角，瀑流经过时，作急剧的撞击，便飞花碎玉般乱溅着了。那溅着的水花，晶莹而多芒，远望去，像一朵朵小小的白梅，微雨似的纷纷落着。据说，这就是梅雨潭之所以得名了。但我觉得像杨花，格外确切些。轻风起来

梅雨潭

时，点点随风飘散，那更是杨花了。——这时偶然有几点送入我们温暖的怀里，便倏地钻了进去，再也寻它不着。

梅雨潭闪闪的绿色招引着我们，我们开始追捉她那离合的神光了。揪着草，攀着乱石，小心探身下去，又鞠躬过了一个石穹门，便到了汪汪一碧的潭边了。瀑布在襟袖之间，但我的心中已没有瀑布了。我的心随潭水的绿而摇荡。

那醉人的绿呀，仿佛一张极大极大的荷叶铺着，满是奇异的绿呀。我想张开两臂抱住她，但这是怎样一个妄想呀。——站在水边，望到那面，居然觉着有些远呢！这平铺着、厚积着的绿，着实可爱。她松松地皱缬着，像少妇拖着的裙幅；她轻轻地摆弄着，像跳动的初恋的处女的心；她滑滑的明亮着，像涂了“明油”一般，有鸡蛋清那样软、那样嫩，令人想着所曾触过的最嫩的皮肤；她又不杂些儿尘滓，宛然一块温润的碧玉，只清清的一色——但你却看不透她！我曾见过北京什刹海拂指地的绿杨，脱不了鹅黄的底子，似乎太淡了。我又曾见过杭州虎跑寺旁高峻而深密的“绿壁”，重叠着无穷的碧草与绿叶的，那又似乎太浓了。其余呢，西湖的波太明了，秦淮河的又太暗了。可爱的，我将用什么来比拟你呢？我怎么比拟得出呢？

潭大约是很深的，故能蕴蓄着这样奇异的绿，仿佛蔚蓝的天融了一块在里面似的，这才这般的鲜润呀。——那醉人的绿呀！我若能裁你以为带，我将赠给那轻盈的舞女，她必能临风飘举了。我若能挹你以为眼，我将赠给那善歌的盲妹，她必明眸善睐了。我舍不得你，我怎舍得你呢？我用手拍着你，抚摩着你，如同一个十二三岁的小姑娘。我又掬你入口，便是吻着她了。我送你一个名字，我从此叫你“女儿绿”，好么？

我第二次到仙岩的时候，我不禁惊诧于梅雨潭的绿了。

香炉峰上鸟瞰

文 / 徐蔚南

我们公司经理先生袁老板自从到了越州以后，三个月工夫里，越州的名胜几乎都被他游尽了。但是还有一处凡到越州来的人都要去一次的地方，他却还没有到过，就是那有名的会稽山中的香炉峰，他已几次想去，但没有机会。曾经去游览过的华先生故意对他说山峰怎样奇峭，风景怎样美丽。吃饭的时候他问人家肯不肯伴他去游一次，那位华先生便插嘴说："香炉峰的风景真好，真真好，非去游一次不可！"袁老板想去游览的心自然更加热烈，可是总没有人伴他去。上星期三吃早饭的时候，他又说要到香炉峰去，仍没有和他作伴。恰巧这天我把应办的事务办好了，我便对他说同他去。我们决定要去之后，自然而然有人要来加入了，加入的人就是那挑逗袁老板的华先生。

香炉峰委实很壮丽，昨年秋季我已去过三次了，若然风景不好，我也不肯几次去劳力了。我还记得第一次去游的情景，我和同游的人走下山脚，遇见一条泉水的时候，我们因为走的脚太热了，大家都脱去了袜子到泉水里洗足。汗出过多的脚一浸到冷冽的泉水里，比吃冰淇淋还要爽快百倍，至今我仍想着

绍兴会稽山脚下的美景

那条泉水呢。第二次去的时候，大家乘着上山轿，就是只有二支粗竹，一块小方板的轿子，有山的地方大抵都有这种轿子的。但是我的朋友却初次看见，定要把这种轿子摄一叶小影，可惜拍了回来洗不出。另一个摄取个香炉峰的，倒清清楚楚；香炉峰真个像只香炉，方方的一块岩石突出在尖峭的山峰上，谁都首肯说这是名副其实的。登山的路大抵有好几条，有的是大道，有的是羊肠，有的是险峻的，有的是比较平坦的，香炉峰上的路当然也是如此的。这次我们和袁老板去走的，是山后西北面的一条小路。起初，虽然在荆棘丛中走，但路还平，到后来路渐渐地高了，走到一条大路上了。路上虽然没有刑棘，但也没有树木，太阳毫不留情直晒在我们身上。我稍稍有些乏力，但不十分苦，袁老板的又长又大的身躯却受累了。平日间，人家看见他的身子好壮健，威风凛凛的，如今登山却不及我们小身体的敏捷了，他总跟在我们后面，离开十几丈远。幸而已走了一半路，已到了山腰里的中天竺了，大家便坐下来休息。华先生忙着把草帽来打扇，他看见一尊菩萨面前的一方匾上写着“上有青天”，他便说道：“不对！不对！上有屋顶，哪能有青天！”说了这一句话后，倒不作声了。过了十几分钟，我们再走上去，走到一处，见有两方岩石横堵在路上，中间的一条通路，只容一个人的身体进出。在这两方岩石下撑着许多的小树枝，他们不知道撑着这种小树枝的道理，我早来越州十几个月却已知道其中的意义了。原来老太太们年纪老了，背脊时要酸痛，据说若将树枝去撑在那两方岩石下便可免除背痛。华先生听了我的话，便说道：“弯了身子去撑树枝，老骨头‘格’的一响，那么真要背脊痛了，这真是叫做‘要好勿好’了。”他仿佛经验过的一般。

走到瘦牛的地方，山路真是很危险，“一失足”便要“成千古恨”的，好在两旁都有铁栏杆，走时胆就壮了。华先生将他的手杖向栏杆上击，清脆的声音要延长到五六秒钟。

终于登上山巅了。山巅上的庙宇是南天竺，据说唐朝时候就有的了。香案

透过太素宫院内大门看香炉峰

上排列着十多个签筒，华先生对观世音娘娘鞠了一个大躬，便向签筒抽出一支签来。他求签的玩意儿是老弄了。今年为是要到越州来，经过杭州的时候，他到月下老人的庙里去求了一支签，签经上说道："两世一身，影单形只。"好可怜！幸而他已娶三四年了，这番他在观音娘娘前求签大抵是为求子吧。他抽出签了之后，却不去对签经，或许他恐怕观世音娘娘的说话类似月下老人底说话吗？

在香炉峰顶望四周的风景毕竟不差，四周的青山如波涛一般地起伏，山下的红色庙宇在万绿丛中更觉非常鲜艳。纵横的田亩碧绿的一方一方接连着，齐整的比图案画还要好几倍。烦嚣的市声一点也听不到了，只有树叶的低语声，枝头小鸟的歌唱声，村犬的遥吠声，这种种声响多么自然，多么感人！

回头望，城中的塔山那边，龙山上的望海亭那边，密重重的房屋挤在一起，烟尘缭绕，有如包在浓雾里；这儿山峰上有清朗的天空，有热力无量的太阳，有令人爽利的轻风，两地相较，那城市真是"狭的笼"了。

袁老板背倚在岩石上，时而遥望四周，时而俯视千尺下的蜿蜒的小路。他也不胜赞美这山的峭拔了。

下山时，我们是从东北的一条砌成阶级的路下去的。这条路上清凉的多，太阳被左方的山遮去了，而且路旁有茂盛的竹林。蜻蜓粉蝶不时在我们面前飞舞，浓郁的花香四处飘荡着，小鸟的啭声，清脆宛转，上山时劳顿的两条腿，此刻轻捷多了。

钓台的春昼

文 / 郁达夫

因为近在咫尺，以为什么时候要去就可以去，我们对于本乡本土的名区胜景，反而往往没有机会去玩，或不容易下一个决心去玩的。正唯其是如此，我对于富春江上的严陵，二十年来，心里虽每在记着，但脚却没有向这一方面走过。一九三一，岁在辛未，暮春三月，春服未成，而中央党帝，似乎又想玩一个秦始皇所玩过的把戏了，我接到了警告，就仓皇离去了寓居。先在江浙附近的穷乡里，游息了几天，偶尔看见了一家扫墓的行舟，乡愁一动，就定下了归计。绕了一个大弯，赶到故乡，却正好还在清明寒食的节前。和家人等去上了几处坟，与许久不曾见过面的亲戚朋友，来往热闹了几天，一种乡居的倦怠，忽而袭上心来了，于是乎我就决心上钓台访一访严子陵的幽居。

钓台去桐庐县城二十余里，桐庐去富阳县治九十里不足，自富阳溯江而上，坐小火轮三小时可达桐庐，再上则须坐帆船了。

我去的那一天，记得是阴晴欲雨的养花天，并且系坐晚班轮去的，船到桐庐，已经是灯火微明的黄昏时候了，不得已就只得在码头近边的一家旅馆的高

严子陵归钓图

楼上借了一宵宿。

桐庐县城，大约有三里路长，三千多烟灶，一二万居民，地在富春江西北岸，从前是皖浙交通的要道，现在杭江铁路一开，似乎没有一二十年前的繁华热闹了。尤其要使旅客感到萧条的，却是桐君山脚下的那一队花船的失去了踪影。说起桐君山，却是桐庐县的一个接近城市的灵山胜地，山虽不高，但因有仙，自然是灵了。以形势来论，这桐君山，也的确是可以产生出许多口音生硬、别具风韵的桐严嫂来的生龙活脉。地处在桐溪东岸，正当桐溪和富春江合流之所，依依一水，西岸便瞰视着桐庐县市的人家烟村。南面对江，便是十里长洲；唐诗人方干的故居，就在这十里桐洲九里花的花田深处。向西越过桐庐县城，更遥遥对着一排高低不定的青峦，这就是富春山的山子山孙了。东北面山下，是一片桑麻沃地，有一条长蛇似的官道，隐而复现，出没盘曲在桃花杨柳洋槐榆树的中间，绕过一支小岭，便是富阳县的境界，大约去程明道的墓地程坟，总也不过一二十里地的间隔。我的去拜谒桐君，瞻仰道观，就在那一天到桐庐的晚上，是淡云微月，正在作雨的时候。

鱼梁渡头，因为夜渡无人，渡船停在东岸的桐君山下。我从旅馆踱了出来，先在离轮埠不远的渡口停立了几分钟。后来向一位来渡口洗夜饭米的年轻少妇，弓身请问了一回，才得到了渡江的秘诀。她说："你只须高喊两三声，船自会来的。"先谢了她教我的好意，然后以两手围成了播音的喇叭，"喂，喂，渡船请摇过来！"地纵声一喊，果然在半江的黑影当中，船身摇动了。渐摇渐近，五分钟后，我在渡口，却终于听出了咿呀柔橹的声音。时间似乎已经入了酉时的下刻，小市里的群动，这时候都已经静息，自从渡口的那位少妇，在微茫的夜色里，藏去了她那张白团团的面影之后，我独立在江边，不知不觉心里头却兀自感到了一种他乡日暮的悲哀。渡船到岸，船头上起了几声微微的水浪清音，又铜东的一响，我早已跳上了船，渡船也已经掉过头来了。坐在黑沉沉的舱里，我起先只在静听着柔橹划水的声音，然后却在黑影里看出了一星船家在吸着的长烟管头上的烟火，最后因为被沉默压迫不过，我只好开口说话了：“船家！你这样的渡我过去，该给你几个船钱？”我问。“随你先生把几个就是。”船家的说话冗慢幽长，似乎已经带着些睡意了，我就向袋里摸出了两角钱来。“这两角钱，就算是我的渡船钱，请你候我一会儿，上山去烧一次夜香，我是依旧要渡过江来的。”船家的回答，只是嗯嗯呜呜的，幽幽同牛叫似的一种鼻音，然而从继这鼻音而起的两三声轻快的咳声听来，他却似已经在感到满足了，因为我也知道，乡间的义渡，船钱最多也不过是两三枚铜子而已。

到了桐君山下，在山影和树影交掩着的崎岖道上，我上岸走不上几步，就被一块乱石绊倒，滑跌了一次。船家似乎也动了恻隐之心了，一句话也不发，跑将上来，他却突然交给了我一盒火柴。我感谢了一番他的盛意之后，重整步武，再摸上山去，先是必须点一枚火柴走三五步路的，但到得半山，路既就了规律，而微云堆里的半规月色，也朦胧地现出一痕银线来了，所以手里还存着的半盒火柴，就被我藏入了袋里。

路是从山的西北，盘曲而上，渐走渐高，半山一到，天也开朗了一点，桐庐县市上的灯火，也星星可数了。更纵目向江心望去，富春江两岸的船上和桐溪合流口停泊着的船尾船头，也看得出一点一点的火来。走过半山，桐君观里的晚祷钟鼓，似乎还没有息尽，耳朵里仿佛听见了几丝木鱼钲钹的残声。走上山顶，先在半途遇着了一道道观外围的女墙，这女墙的栅门，却已经掩上了。在栅门外徘徊了一刻，觉得已经到了此门而不进去，终于是不能满足我这一次暗夜冒险的好奇怪癖的。所以细想了几次，还是决心进去，非进去不可，轻轻用手往里面一推，栅门却呀的一声，早已退向了后方开开了，这门原来是虚掩在那里的。进了栅门，踏着为淡月所映照的石砌平路，向东向南的前走了五六十步，居然走到了道观的大门之外，这两扇朱红漆的大门，不消说是紧闭在那里的。到了此地，我却不想再破门进去了，因为这大门是朝南向着大江开的，门外头是一条一丈来宽的石砌步道，步道的一旁是道观的墙，一旁便是山坡，靠山坡的一面，并且还有一道二尺来高的石墙筑在那里，大约是代替栏杆，防人倾跌下山去的用意，石墙之上，铺的是二三尺宽的青石，在这似石栏又似石凳的墙上，尽可以坐卧游息，饱看桐江和对岸的风景，就是在这里坐它一晚，也很可以，我又何必去打开门来，惊起那些老道的噩梦呢？

空旷的天空里，流涨着的只是些灰白的云，云层缺处，原也看得出半角的天，和一点两点的星，但看起来最饶风趣的，却仍是欲藏还露、将见仍无的那半规月影。这时候江面上似乎起了风，云脚的迁移，更来得迅速了，而低头向江心一看，几多散乱着的船里的灯光，也忽明忽灭地变换了一变换位置。

这道观大门外的景色，真神奇极了。我当十几年前，在放浪的游程里，曾向瓜州京口一带，消磨过不少的时日。那时觉得果然名不虚传的，确是甘露寺外的江山，而现在到了桐庐，昏夜上这桐君山来一看，又觉得这江山的秀而且静，风景的整而不散，却非那天下第一江山的北固山所可与比拟的了。真也难怪得严子陵，难怪得戴徵士，倘使我若能在这样的地方结屋读书，颐养天年，那还要什么的高官厚禄，还要什么的浮名虚誉哩？一个人在这桐君观前的石凳上，看看山，看看水，看看城中的灯火和天上的星云，更做做浩无边际的无聊的幻梦，我竟忘记了时刻，忘记了自身，直等到隔江的击柝声传来，向西一看，忽而觉得城中的灯影微茫地减了，才跑也似的走下了山来，渡江奔回了客舍。

第二日侵晨，觉得昨天在桐君观前做过的残梦正还没有续完的时候，窗外面忽而传来了一阵吹角的声音。好梦虽被打破，但因这同吹觱篥似的商音哀咽，却很含着些荒凉的古意，并且晓风残月，杨柳岸边，也正好候船待发，上严陵去，所以心里虽怀着了些儿怨恨，但脸上却只现出了一痕微笑，起来梳洗更衣，叫茶房去雇船去。雇好了一只双桨的渔舟，买就了些酒菜鱼米，就在旅馆前面的码头上上了船，轻轻向江心摇出去的时候，东方的云幕中间，已现出了几丝红晕，有八点多钟了。舟师急得厉害，只在埋怨旅馆的茶房，为什么昨晚上不预先告诉，好早一点出发。因为此去就是七里滩头，无风七里，有风七十里，上钓台去玩一趟回来，路程虽则有限，但这几日风雨无常，说不定要走夜路，才回来得了的。

过了桐庐，江心狭窄，浅滩果然多起来了。路上遇着的来往的行舟，数目也是很少，因为早晨吹的角，就是往建德去的快班船的信号，快班船一开，来往于两岸之间的船就不十分多了。两岸全是青青的山，中间是一条清浅的水，有时候过一个沙洲。洲上的桃花菜花，还有许多不晓得名字的白色的花，正在喧闹着春暮，吸引着蜂蝶。我在船头上一口一口地喝着严东关的药酒，指东话西地问着船家，这是什么山，那是什么港，惊叹了半天，称颂了半天，人也觉得倦了，不晓得什么时候，身子却走上了一家水边的酒楼，在和数年不见的几位已经做了党官的朋友高谈阔论。谈论之余，还背诵了一首两三年前曾在同一情形之下做成的歪诗。

> 不是尊前爱惜身，佯狂难免假成真，
> 曾因酒醉鞭名马，生怕情多累美人。
> 劫数东南天作孽，鸡鸣风百海扬尘，
> 悲歌痛哭终何补，义士纷纷说帝秦。

直到盛筵将散，我酒也不想再喝了，和几位朋友闹得心里各自难堪，连对旁边坐着的两位陪酒的名花都不愿意开口。正在这上下不得的苦闷关头，船家却大声地叫了起来说：

“先生，罗芷过了，钓台就在前面，你醒醒罢，好上山去烧饭吃去。”

擦擦眼睛，整了一整衣服，抬起头来一看，四面的水光山色又忽而变了样子了。清清的一条浅水，比前又窄了几分，四围的山包得格外的紧了，仿佛

严子陵钓台

是前无去路的样子。并且山容峻削，看去觉得格外的瘦格外的高。向天上地下四围看看，只寂寂的看不见一个人类。双桨的摇响，到此似乎也不敢放肆了，钩的一声过后，要好半天才来一个幽幽的回响，静，静，静，身边水上，山下岩头，只沈浸着太古的静，死灭的静，山峡里连飞鸟的影子也看不见半只。前面的所谓钓台山上，只看得见两大个石垒，一间歪斜的亭子，许多纵横芜杂的草木。山腰里的那座祠堂，也只露着些废垣残瓦，屋上面连炊烟都没有一丝半缕，像是好久好久没有人住了的样子。并且天气又来得阴森，早晨曾经露一露脸过的太阳，这时候早已深藏在云堆里了，余下来的只是时有时无从侧面吹来的阴飕飕的半箭儿山风。船靠了山脚，跟着前面背着酒菜鱼米的船夫走上严先生祠堂的时候，我心里真有点害怕，怕在这荒山里要遇见一个于枯苍老得同丝瓜筋似的严先生的鬼魂。

在祠堂西院的客厅里坐定，和严先生的不知第几代的裔孙谈了几句关于年岁水旱的话后，我的心跳也渐渐的镇静下去了，嘱托了他以煮饭烧菜的杂务，我和船家就从断碑乱石中间爬上了钓台。

东西两石垒，高各有二三百尺，离江面约两里来远，东西台相去，只有一二百步，但其间却夹着一条深谷。立在东台，可以看得出罗芷的人家，回头展望来路，风景似乎散漫一点，而一上谢氏的西台，向西望去，则幽谷里的清景，却绝对的不像是在人间了。我虽则没有到过瑞士，但到了西台，朝西一看，立时就想起了曾在照片上看见过的威廉退儿的祠堂。这四山的幽静，这江水的青蓝，简直同在画片上的珂罗版色彩，一色也没有两样，所不同的就是在这儿的变化更多一点，周围的环境更芜杂不整齐一点而已，但这却是好处，这正是足以代表东方民族性的颓废荒凉的美。

从钓台下来，回到严先生的祠堂——记得这是洪杨以后严州知府戴槃重建的祠堂——西院里饱啖了一顿酒肉，我觉得有点酩酊微醉了。手拿着以火柴柄制成的牙签，走到东面供着严先生神像的龛前，向四面的破壁上一看，翠墨

祠堂

淋漓，题在那里的，竟多是些俗而不雅的过路高官的手笔。最后到了南面的一块白墙头上，在离屋檐不远的一角高处，却看到了我们的一位新近去世的同乡夏灵峰先生的四句似邵尧夫而又略带感慨的诗句。夏灵峰先生虽则只知崇古，不善处今，但是五十年来，像他那样的顽固自尊的亡清遗老，也的确是没有第二个人。比较起现在的那些官迷的南满尚书和东洋宦婢来，他的经术言行，姑且不必去论它，就是以骨头来称称，我想也要比什么罗三郎郑太郎辈，重到好几百倍。慕贤的心一动，熏人臭技自然是难熬了，堆起了几张桌椅，借得了一枝破笔，我也向高墙上在夏灵峰先生的脚后放上了一个陈屁，就是在船舱的梦里，也曾微吟过的那一首歪诗。

从墙头上跳将下来，又向龛前天井去走了一圈，觉得酒后的干喉，有点渴痒了，所以就又走回到了西院，静坐着喝了两碗清茶。在这四大无声，只听见我自己的啾啾喝水的舌音冲击到那座破院的败壁上去的寂静中间，同惊雷似的一响，院后的竹园里却忽而飞出了一声闲长而又有节奏似的鸡啼的声来。同时在门外面歇着的船家，也走进了院门，高声地对我说：

“先生，我们回去吧，已经是吃点心的时候了，你不听见那只鸡在后山啼么？我们回去吧！”

山居杂缀

文 / 戴望舒

山风

窗外，隔着夜的帡幪，迷茫的山岚大概已把整个峰峦笼罩住了吧。冷冷的风从山上吹下来，带着潮湿，带着太阳的气味，或是带着几点从山涧中飞溅出来的水，来叩我的玻璃窗了。

敬礼啊，山风！我敞开门窗欢迎你，我敞开衣襟欢迎你。

抚过云的边缘，抚过崖边的小花，抚过有野兽躺过的岩石，抚过缄默的泥土，抚过歌唱的泉流，你现在来轻轻地抚我了。说啊，山风，你是否从我胸头感到了云的飘忽，花的寂寥，岩石的坚实，泥土的沉郁，泉流的活泼？你会不会说，这是一个奇异的生物！

雨

雨停止了，檐溜还是叮叮地响着，给梦拍着柔和的拍子，好像在江南的一只乌篷船中一样。“春水碧如天，画船听雨眠”，韦庄的词句又浮到脑中来了。奇迹也许突然发生了吧，也许我已被魔法移到苕溪或是西湖的小船中了吧……

然而突然，香港的倾盆大雨又降下来了。

树

路上的列树已斩伐尽了，疏疏朗朗地残留着可怜的树根。路显得宽阔了一点，短了一点，天和人的距离似乎更接近了。太阳直射到头顶上，雨淋到身上……是的，我们需要阳光，但是我们也需要阴荫啊！早晨鸟雀的啁啾声没有了，傍晚舒徐的散步没有了。空虚的路，寂寞的路！

离门前不远的地方，本来有棵合欢树，去年秋天，我也还采过那长长的荚果给我的女儿玩。它曾经婷婷地站立在那里，高高地张开它的青翠的华盖一般的叶子，寄托了我们的梦想，又给我们以清阴。而现在，我们却只能在虚空之中，在浮着云片的青空的背景上，徒然地描着它的青翠之姿了。像这样夏天的早晨，它的鲜绿的叶子和火红照眼的花，会给我们怎样的一种清新之感啊！它的浓荫之中藏着雏鸟的小小的啼声，会给我们怎样的一种喜悦啊！想想吧，它的消失对于我是怎样地可悲啊。

抱着幼小的孩子，我又走到那棵合欢树的树根边来了。锯痕已由淡黄变成黝黑了，然而年轮却还是清清楚楚的，并没有给苔藓或是芝菌侵蚀去。我无聊地数着这一圈圈的年轮；四十二圈！正是我的年龄。它和我度过了同样的岁月，这可怜的合欢树！

树啊，谁更不幸一点，是你呢，还是我？

失去的园子

跋涉的挂虑使我失去了眼界的辽阔和余暇的寄托。我的意思是说，自从我怕走漫漫的长途而移居到这中区的最高一条街以来，我便不再能天天望见大海，不再拥有一个小圃了。屋子后面是高楼，前面是更高的山，门临街路，一点隙地也没有。从此，我便对山面壁而居，而最使我怅惘的，特别是旧居中的那一片小小的园子，那一片由我亲手拓荒，耕耘，施肥，播种，灌溉，收获过的贫瘠的土地。那园子临着海，四周是苍翠的松树，每当耕倦了，抛下锄头，坐到松树下面去，迎着从远处渔帆上吹来的风，望着辽阔的海，就已经使人心醉了。何况它又按着季节，给我们以意外丰富的收获呢。

可是搬到这里以后，一切都改变了，载在火车上和书籍一同搬来的耕具：锄头，铁钯，铲子，尖锄，除草钯，移植铲，灌溉壶等，都冷落地被抛弃在天台上，而且生了锈。这些可怜的东西！它们应该像我一样地寂寞吧。

好像是本能地，我不时想着："现在是种番茄的时候了"，或是"现在玉蜀黍可以收获了"，或是"要是我能从家乡弄到一点蚕豆种就好了"！我把这种思想告诉了妻，于是她就提议说："我们要不要像邻居那样，叫人挑泥到天台上去，在那里开一个园地？"可是我立刻反对，因为天台是那么小，而且阳光也那么少，给四面的高楼遮住了。于是这计划打消了，而旧园的梦想却仍旧继续着。

大概看到我常常为这种思想困恼着吧，妻在偷偷的活动着。于是，有一天，她高高兴兴地来对我说："你可以有一个真正的园子了。你不看见我们对邻有一片空地吗？他们人少，种不了许多地，我已和他们商量好，划一部分地给我们种，水也很方便。现在，你说什么时候开始吧。"

雁荡山风光

她一定以为会给我一个意外的喜悦的，可是我却含糊地应着，心里想："那不是我的园地，我要我自己的园地。"可是为了不要使妻太难堪，我期期地回答她："你不是劝我不要太疲劳吗？你的话是对的，我需要休息。我们把这种地的计划打消了吧。"

方岩纪静

文 / 郁达夫

方岩在永康县东北五十里，自金华至永康的百余里，有公共汽车可坐，从永康至方岩就非坐轿或步行不可，我们去的那天，因为天阴欲雨，所以在永康下公共汽车后就都坐了轿子，向东前进。十五里过金山村，又十五里到芝英是一大镇，居民约有千户，多应姓者。停轿少息，雨愈下愈大了，就买了些油纸之类，作防雨具。再行十余里，两旁就有起山来了，峰岩奇特，老树纵横，在微雨里望去，形状不一，轿夫一一指示说：这是公婆岩，那是老虎岩，……老鼠梯等等，说了一大串，又数里，就到了岩下街，已经是在方岩的脚下了。

凡到过金华的人，总该有这样的一个经验，在旅馆里住下后，每会有些着青布长衫，文质彬彬的乡下先生，来盘问你：

是否去方岩烧香的？这是第几次来进香了？从前住过哪一家？

你若回答他说是第一次去方岩，那他就会拿出一张名片来，请你上方岩去后，到这一家去住宿。这些都是岩下街的房顶头，像旅店而又略异的接客者。远在数百里外，就有这些派出代理人来兜揽生意，一则也可以想见一年到头方岩香市之盛，一则也可以推想岩下街四五百家人家，竞争的激烈。

岩下街的所谓房头，经营旅店业而专靠胡公庙吃饭者，总有三五千人，大半系程应二姓，文风极盛，财产也各可观，房子都系三层楼，大抵的情形，下层系建筑在谷里，中层沿街，上层为楼，房间一家总有三五十间，香市盛的时候，听说每家都患人满。香客之自绍兴处州杭州及近县来者，为数固已不少，最远者，且有自福建来的。

从岩下街起，曲折再行三五里就上山，山上的石级是数不清的，密而且峻，盘旋环绕，要走一个钟头，才走得到胡公庙的蜂门。

胡公名则，字子正，永康人，宋兵部侍郎，尝奏免衢婺二州民丁钱，所以百姓感德，立庙祀之。胡公少时，曾在方岩读过书，故而庙在方岩者为老牌真货。且时显灵异，最著的有下列数则：

> 宋徽宗时，寇略永康，乡民避寇于方岩，岩有千人坑，大藤悬挂，寇至，缘藤而上，忽见赤蛇啮藤断，寇都坠死。
>
> 盗起清溪盘踞方岩，首魁夜梦神饮马于岩之池，平明池涸，其徒惊溃。
>
> 洪杨事起，近乡近村多遭劫，独方岩得无恙。
>
> 民国三年，嵊县乡民，慕胡公之灵异，造庙祀之，乘昏夜来方岩盗胡公头去，欲以之造像，公梦示知事及近乡农民，属捉盗神像头者，盗尽就逮。是年冬间嵊县一乡大火，凡预闻盗公头者皆烧失。翌年八月该乡民又有二人来进香，各毙于路上。

类似这样的奇迹灵异，还数不胜数，所以一年四季，方岩香火不绝，而尤以春秋为盛，朝山进香者，络绎于四方数百里的途上。金华人之远旅他乡者，各就其地建胡公庙以祀公，虽然说是迷信，但感化威力的广大，实在也出乎我们的意料之外，这是就方岩的盛名所以能远播各地的一近因而说的话，至于我们的不远千里，必欲至方岩一看的原因，却在它的山水的幽静灵秀，完全与别种山峰不同的地方。

方岩附近的山，都是绝壁陡起，高二三百丈，面积周围三五里至六七里不等。而峰顶与峰脚，面积无大差异，形状或方或圆，绝似硕大的撑天圆柱。峰岩顶上，又都是平地，林林丛丛，簇生如发。峰的腰际，只是一层一层的沙石岩壁，可望而不可登。间有瀑布奔流，奇树突现，自朝至暮，因日光风雨之移易，形状景象，也千变万化，捉摸不定。山之伟观，到此大约是可以说得已臻极顶了吧?

从前看中国画里的奇岩绝壁，皴法皱迭，苍劲雄伟到不可思议的地步，现在到了方岩，向各山略一举目，才知道南宗北派的画山点石，都还有未到之外。在学校里初学英文的时候，读到那一位美国清教作家何桑的大石面一篇短篇，颇生异想，身到方岩，方知年幼时的少见多怪，像那篇小说里所写的大石面，在这附近真不知有多多少少。我不曾到过埃及，不知沙漠中的Sphinx（狮身人面像）比起这些岩石来，又该是谁兄谁弟。尤其是天造地设、清幽岑寂到令人毛发悚然的一区境界，是方岩北面相去约二三里地的寿山下五峰书院所在的地方。

北面数峰，远近环拱，至西面而南偏，绝壁千丈，成了一条上突下缩的倒覆危墙。危墙腰下，离地约二三丈的地方，墙脚忽而不见，形成大洞，似巨怪之张口，口腔上下，都是石壁，五峰书院，丽泽祠，学易斋，就建筑在这巨口的上下腭之间，不施椽瓦，而风雨莫及，冬暖夏凉，而红尘不到。更奇峭者，就是这绝壁的忽而向东南的一折，递进而突起了固厚，瀑布，桃花，覆釜，鸡鸣的五个奇峰，峰峰都高大似方岩，而形状颜色，各不相同。立在五峰书院的楼上，只听得见四周飞瀑的清音，仰视天小，鸟飞不渡，对视五峰，青紫无言，向东展望，略见白云远树，浮漾在楔形阔处的空中。一种幽静，清新，伟

胡公庙（摄影：芳芳）

胡公姓胡名则，婺州永康胡库村人，北宋时期的一名清官，在任期间颇有政绩。百姓感恩戴德，有口皆碑。在胡则去世之后为他立庙祭祀，敬若神灵。1959年8月，毛泽东在开完庐山会议返京途中路过金华，在与金华各县委书记座谈时对胡则有过很高的评价，说他为人民办了很多好事。“为官一任，造福一方”如今这八个大字就镌刻在胡公祠前照壁上。

毛泽东题：为官一任，造福一方

大的感觉，自然而然地袭向人来；朱晦翁，品东莱，陈龙川诸道学先生的必择此地来讲学，以及一般宋儒的每喜利用山洞或风景幽丽的地方作讲堂，推其本意，大约总也在想借了自然的威力来压制人欲的缘故；不看金华的山水，这种宋儒的苦心是猜不出来的。

初到方岩的一天，就在微雨里游尽了这五峰书院的周围，与胡公庙的全部。庙在岩顶，规模颇大，前前后后，也有两条街，许多房顶，在蒙胡公的福荫；一人成佛，鸡犬都仙，原是中国的旧例。胡公神像，是一位赤面长发的柔和长者，前殿后殿，各有一尊，相貌装饰，两都一样，大约一尊是预备着于出会时用的。我们去的那日，大约刚逢着了废历的十月初一，庙中前殿戏台上在演社戏敬神，台前簇拥着许多老幼男女，各流着些被感动了的随喜之泪，而戏中的情节说辞，我们竟一点也不懂，问问立在我们身旁的一位像本地出身，能说普通话的中老绅士，方知戏班是本地班，所演的为《杀狗劝妻》一类的孝义杂剧。

从胡公庙下山，回到了宿处的程××店中，则客堂上早已经点起了两大支红烛，摆上了许多大肉大鸡的酒菜，在候我们吃晚饭了；菜蔬丰盛到了极点，但无鱼少海味，所以味也不甚适口。

第二天破晓起来，仍坐原轿绕灵岩的福善寺回永康，路上的风景，也很清异。

庐山游记

文 / 胡适

昨夜大雨，终夜听见松涛声与雨声，初不能分别，听久了才分得出有雨时的松涛与雨止时的松涛，声势皆很够震动人心，使我终夜睡眠甚少。

早起雨已止了，我们就出发。从海会寺到白鹿洞的路上，树木很多，雨后清翠可爱。满山满谷都是杜鹃花，有两种颜色，红的和轻紫的，后者更鲜艳可喜。去年过日本时，樱花已过，正值杜鹃花盛开，颜色种类很多，但多在公园及私人家宅中见之，不如今日满山满谷的气象更可爱。因作绝句记之：

长松鼓吹寻常事，最喜山花满眼开。
嫩紫鲜红都可爱，此行应为杜鹃来。

到白鹿洞。书院旧址前清时用作江西高等农业学校，添有校舍，建筑简陋潦草，真不成个样子。农校已迁去，现设习林事务所。附近大松树都钉有木

江西庐山芦林湖

片，写明保存古松第几号。此地建筑虽极不堪，然洞外风景尚好。有小溪，浅水急流，铮淙可听；溪名贯道溪，上有石桥，即使道桥，皆朱子起的名字。桥上望见洞后诸松中一松有紫藤花，直上到树杪，藤花正盛开，艳丽可喜。

白鹿洞本无洞，正德中，南康守王溱开后山作洞，知府何濬凿石鹿置洞中。这两人真是大笨伯!

白鹿洞在历史上占一个特殊地位，有两个原因。第一，因为白鹿洞书院是最早一个书院。南唐升元中（九三七~九四二）建为庐山国学，置田聚徒，以李善道为洞主。宋初因置为书院，与睢阳石鼓岳麓三书院落并称为“四大书院”，为书院的四个祖宗。第二，因为朱子重建白鹿洞书院，明定学远规，遂成后世几百年“讲学式”的书院的规模。宋末以至清初的书院皆属于这一种。到乾隆以后，朴学之风气已成，方才有一种新式的书院起来；阮元所创的诂经精舍、学海堂，可算是这种新式书院的代表。南宋的书院祀北宋周邵程诸先生；元明的书院祀程朱；晚明的书院多祀阳明；王学衰后，书院多祀程朱。乾嘉以后的书院乃不祀理学家而改祀许慎郑玄等。所祀的不同便是这两大派书院的根本不同。

朱子立白鹿洞书院在淳熙己亥（一一七八），他极看重此事，曾札上丞相说：

> 愿得比祠官例，为白鹿洞主，假之稍廪，使得终与诸生讲习其中，犹愈于崇奉异教香火，无事而食也。（《庐山志》八，页二，引《洞志》）

他明明指斥宋代为道教宫观设祀官的制度，想从白鹿洞开一个儒门创例来抵制道教。他后来奏对孝宗，申说请赐书院额，并赐书的事，说：

今老佛之宫布满天下，大都逾百，小邑亦不下数十，而公私增益势犹未已。至于学校，则一郡一邑仅置一区，附廓之县又不复有。盛衰多寡相悬如此！（同上，页三）这都可见他当日的用心。他定的《白鹿洞规》，简要明白，遂成为后世七百年的教育宗旨。

庐山有三处史迹代表三大趋势：（一）慧远的东林，代表中国“沸教化”与佛教“中国化”的大趋势。（二）白鹿洞，代表中国近世七百年的宋学大趋势。（三）牯岭，代表西方文化侵入中国的趋势。

从白鹿洞到万杉寺。古为庆云庵，为“律”居，宋景德中有大超和尚手种杉树万株，天圣中赐名万杉。后禅学盛行，遂成“禅寺”。南宋张孝祥有诗云：

老干参天一万株，庐山佳处浮着图。
只因买断山中景，破费神龙百斛珠。
（《志》五，页六十四，引《程史》）

今所见杉树，粗又如瘦碗，皆近两年种的。有几株大樟树，其一为“五爪樟”，大概有三四百年的生命了；《指南》（编者按指《庐山指南》）说“皆宋时物”，似无据。

从万杉寺西行约二三里，到秀峰寺。吴氏旧《志》无秀峰寺，只有开光寺。毛德琦《庐山新起》（康熙五十九年成书。我在海会寺买得一部，有同治十年，宣统二年，民国四年补版。我的日记内注的卷页数，皆指此书。）说：

康熙丁亥（一七零七）寺僧超渊往淮迎驾，御书秀峰寺赐额，改今名。

白鹿洞书院

明光寺起于南唐中主李璟。李主年少好文学，读书于庐山；后来先主代杨氏而建国，李璟为世子，遂嗣位。他想念庐山书堂，遂于其地立寺，因有开国之祥，故名开先寺，以绍宗和尚主之。宋初赐名开先华藏；后有善暹，为禅门大师，有众数百人。至行瑛，有治事才，黄山谷称“其材器能立事，任人役物如转石于千仞之溪，无不如意”。行瑛发愿重新此寺。

开先之屋无虑四百楹，成于瑛世者十之六，穷壮极丽，迄九年乃即功。（黄庭坚《开先禅院修造记》，《志》五，页十六至十八）

此是开先极盛时。康熙间改名时，皇帝赐额，赐御书《心经》，其时“世之人无不知有秀峰”（郎廷极《秀峰寺记》，《志》五，页六至七），其时也可称是盛世。到了今日，当时所谓“穷壮极丽”的规模只剩败屋十几间，其余只是颓垣废址了。读书台上有康熙帝临米芾书碑，尚完好；其下有石刻黄山谷书《七佛偈》，及王阳明正德庚辰（一五二零）三月《纪功题名碑》，皆略有损坏。

寺中虽颓废令人感叹，然寺外风景则绝佳。为山南诸处的最好风景。寺址在鹤鸣峰下，其西为龟背峰，又西为黄石岩，又西为双剑峰，又西南为香炉峰，都嵌奇可喜。鹤鸣与龟背之间有马尾泉瀑布，双剑之左有瀑布水；两个瀑泉遥遥相对，平行齐下，下流入壑，汇合为一水，迸出山峡中，遂成最着蛐青玉峡奇景。水流出峡，入于龙潭。昆山与祖望先到青玉峡，徘徊不肯去，叫人来催我们去看。我同梦旦到了那边，也徘徊不肯离去。峡上石刻甚多，有米芾书“第一山“大字，今钩摹作寺门题榜。

徐凝诗“今古长如白练飞，一条界破青山色”，即是咏爆布的。李白《瀑布泉》诗也是指此瀑。旧《志》载瀑布水的诗甚多，但总没有能使人满意的。

由秀峰往西约十二里，到归宗寺。我们在此午餐，时已下午三点多钟，俄的不得了。归宗寺为庐山大寺，也很衰落了。我向寺中借得《归宗寺志》四卷，是民国甲寅先勤本坤重修的，用活字排印，错误不少，然可供我的参考。

我们吃了饭，往游温泉。温泉在柴桑桥附近，离归宗寺约五六里，在一田沟里。雨后沟水浑浊，微见有两处起水泡，即是温泉。我们下手去试探，一处颇热， 一处稍减。向农家买得三个鸡蛋，放在两处，约七八分钟，因天下雨了，取出鸡蛋，内里已温而未熟。田陇间有新碑，我去看，乃是星子县的告示，署民国十五年， 中说，接康南海先生函述在此买田十亩，立界碑为记的事。康先生去年死了。他若不死，也许能在此建立一所浴室。他买的地横跨温泉的两岸。今地为康氏私产，而业归海会寺管理，那班和尚未必有此见识作此事了。

此地离栗里不远，但雨已来了，我们要赶回归宗，不能去寻访陶渊明的故里了。道上见一石碑，有“柴桑桥”大字。日《志》已说“渊明故居，今不知处”。（四，页七）桑乔疏说，去柴桑桥一里许有渊明的醉石。（四，页六。）旧《志》又说，醉石谷中有五柳馆，归去来馆。归去来馆是朱子建的，即在醉石之侧，朱子为手书颜真卿嗜醉石诗》，并作长跋，皆刻石上，其年月为淳熙辛丑（一一八一）七月。（四，页八）此二馆今皆不存，醉石也不知去向了。庄百俞先生《庐山游记》说他曾访醉石，乡人皆不知。记之以告后来的游者。

今早轿上读旧《志》所载周必大《庐山后录》，其中说他访栗里，求醉石，土人直云，“此去有陶公祠，无栗里也。”（十四，页十八）南宋时已如此，我们在七百年后更不易寻此地了，不如胭疑为止。《后录》有云：

尝记前人题诗云：

五字高吟酒一瓢，庐山千古想风标。

至今门外青青柳，不为东风肯折腰。

庐山三叠泉

惜乎不记其姓名。

我读此诗，忽起一感想：陶渊明不肯折腰，为什么却爱那最会折腰的柳树？今日从温泉回来，戏用此意作一首诗：

陶渊明同他的五柳

当年有个陶渊明，不惜性命只贪酒。
骨硬不能深折腰，弃官回来空两手。
瓮中无米琴无弦，老妻娇儿赤脚走。
先生吟诗自嘲讽，笑指蓄边五株柳。
“看他风里尽低昂！这样腰肢我无有。

晚上在归宗寺过夜。